KB149898

역천도

逆天道

목차

9장 — 반격을 개시하다 7

10장 — 썩은 싹을 도려내다 55

11장 — 일상을 즐기다 105

12장 — 신위를 뽐내다 145

13장 — 일을 마무리 짓다 177

14장 — 길을 떠나다 213

15장 — 이무기를 잡다 267

16장 — 단천호! 선언하다! 301

9장
—
반격을 개시하다

쾅!

서안에서 들여온 비싼 원목 다탁이 통째로 부서져 나갔다.

단천호는 입맛을 다셨다. 저게 얼마짜리인데!

"사실이냐?"

단무성의 수염이 부르르 떨렸다.

"사실입니다."

"거짓이면 어떻게 되는지 알고 있겠지?"

단무성의 거센 질책에 움찔할 만도 했지만 단천호는 여전히 여유로웠다.

"며칠이면 드러날 사실을 꾸며 낼 만큼 저는 멍청하지

않습니다.”

“허어!”

단무성은 자리에서 벌떡 일어나 방 안을 서성였다.

“이런 일이! 이런 일이 세가 내에서 벌어지고 있었다
니!”

단천호는 저녁 늦게 단무성을 찾아와 그가 알아낸 모든
사실을 말했다.

연리연이 은밀하게 움직여 세가 내의 사람들을 포섭하
고 있다는 것.

그리고 연가와 힘을 합쳐 단가를 흡수하려 하고 있다는
것까지!

“왜 그런 짓을 한단 말이냐!”

“처음부터 연리연 그 계집은 단가를 획책하기 위해서
아버지께 시집을 온 겁니다.”

“으음!”

단무성은 단천호의 말을 믿고 싶지 않았다.

사실이 아니라면 단천호를 따끔하게 혼내고 없던 일로
할 수 있을 것이다.

하지만 단천호가 가져온 서류에는 너무나도 명백한 증
거가 나타나 있었다.

세가 내의 가장 중요한 무력 부대인 단가무쌍대(團家無
雙隊)의 대주인 황귀(黃貴)의 수결. 연가와 연리연에게 충성을 다하겠다는 수결이 거기에 있었다.

단가무쌍대가 어떻게 연가에 충성하겠다는 수결을 찍을 수 있다는 말인가!

"내가 세가를 떠나 있는 동안 사단이 벌어졌구나."

"내치(內治)는 무엇보다 중요한 법입니다. 아버님께서는 단가의 이름을 떨치는 데는 성공하셨지만 집안을 다스리는 데 실패하셨습니다."

단천호의 말은 가혹하기 그지없었다.

하지만 어디 하나 틀린 점이 없는 것도 사실이었다. 단무성이 세가를 똑바로 돌봤다면 지금 같은 일은 벌어지지 않았을 것이다.

그리고 과거에 단천호가 집을 나가는 일도 없었을 것이다.

"내가! 내가 잘못했다는 말이냐?"

"예."

단천호는 한 치의 흔들림도 없는 눈으로 말했다.

그 눈을 본 단무성은 화조차 낼 수 없었다. 그의 아들이 너무나도 싸늘한 눈으로 자신을 지켜보고 있었다.

자식이 그런 눈을 보이는데 아비인 그의 심정이 어떻겠는가?

"그래…… 내가 잘못했다."

인정할 수밖에 없었다.

"아버지. 만약 제가 알아채지 못했다면 제 어머니는 죽었을 겁니다. 그리고 아버지는 강제로 연금을 당하거나 죽임을 당하셨겠죠."

과거에 분명 그러했으니까.

"설마 죽이기까지 하겠느냐?"

"연리연이 제 어머니께 독을 쓰려 했다는 증거가 있습니다."

"크흠!"

들으면 들을수록 충격적인 사실이 연이어 터져 나왔다.

단천호는 미소를 지었다.

'증거 같은 건 없지만 지금은 증거가 필요 없지.'

앞에서 수결이라는 확실한 증거를 봤기 때문에 단무성은 증거를 내밀라고 하지 않을 것이다.

"그럼 이제 어떻게 해야 하겠느냐?"

"애초에 연리연이 연가에서 데리고 온 참마대(斬魔隊)에 단가무쌍대의 전력을 합하면 지금 단가 총 전력의 육할에 달합니다. 거기에 연가에서 얼마나 되는 전력이 올지 알 수 없습니다."

"그럼 전력을 동원한다고 해도 막아 낼 수 없다는 말이냐?"

"아닙니다."

단천호는 느긋하게 찻잔을 들어 차를 한 모금 입에 머

역
천
도

금었다.

초조한 단무성과는 다르게 단천호는 여전히 별일 아니라는 투로 말했다.

"전력을 동원할 필요도 없습니다. 비율을 바꾸면 될 일이니까요."

"비율을 바꾼다?"

단무성은 단천호의 말을 이해하지 못했다. 너무 추상적인 말이 아닌가?

"단가무쌍대는 원래 단가의 것입니다. 그걸 연가에 뺏길 수는 없죠. 일단 단가무쌍대만 찾아온다면 별일 없을 겁니다."

"그게 가능하겠느냐?"

"가능합니다."

"그럼 단가무쌍대는 그렇다고 치고, 연가에서 오고 있는 적은 어떻게 해야 하느냐? 연가는 큰 가문이다. 오대세가에 필적한다는 말까지 나오고 있지 않느냐?"

"명분을 없애면 됩니다."

"명분?"

"예. 먼저 일을 치러 버리고 연리연이 행한 일을 공표해 버리겠다고 협박하면 됩니다. 그럼 그쪽에서도 저희를 칠 수 없습니다. 오히려 연리연과 자신들은 관계가 없다고 꼬리를 자르고 돌아갈 것입니다."

"과연! 그렇구나!"

단천호는 무릎을 치며 고개를 끄덕이는 단무성을 보며 쓰게 웃었다.

단무성은 너무 정직한 게 흠이다. 앞에서 오는 창에는 강해도 뒤에서 날아오는 화살을 피할 줄 모르는 사람이다.

'어차피 임시방편. 자존심에 상처를 입고 물러난 연가는 어떻게 해서든 단가를 획책하려 들겠지.'

그 꼴을 지켜볼 단천호가 아니었다.

'연가에서 온 놈들은 돌아간다. 그러나 모두 돌아갈 필요는 없지. 단가의 말을 전할 한 놈만 돌아가면 그만이다.'

"일단 사람들을 동원해서 연가에서 누가 오고 있는지 알아야 합니다."

"그건 내가 개방에 손을 써 볼 수 있다!"

'거지 떼?'

개방의 정보력이라면 연가에서 누가 출발했는지 알 수 있을 것이다.

구걸 밥이야 좀 줘야겠지만.

"최대한 빠른 시간 내에 알아봐 주십시오."

"그래, 내 손써 보마!"

단무성은 손을 뻗어 서랍을 열었다. 그리고 붓을 들어 개방에 보낼 서신을 작성하기 시작했다.

그러다 문득 생각이 난 듯 고개를 들어 단천호를 바라보았다.

"그런데 단가무쌍대를 다시 찾아올 방편이 뭐냐?"

못내 이것이 궁금한 모양이었다.

"그건 말입니다."

"그래."

"그냥 두고 보시면 됩니다."

"응?"

"내일이 가기 전에 단가무쌍대는 아버지 앞에 와서 용서를 빌 것입니다."

단무성은 멍한 눈으로 단천호를 바라보았다.

단천호는 사악한 미소를 지었다.

"매에는 장사 없는 법이죠."

다음 날 아침.

단가무쌍대 대주 황귀는 소집령을 받고 바쁘게 움직였다.

"젠장. 돌아온 지 한 달이 넘도록 찾지도 않다가 이제 와서 갑자기 소집이라니!"

짜증이 치밀었지만 어쩔 수 없었다.

일단 가주령으로 명령이 내려온 이상 따르는 척을 해야 한다.

거사의 그 날은 아직 오지 않았다. 그 날까지는 귀찮더라도 연기를 해 주어야 했다.

"얼마 남지 않았으니 그때까지는 충실히 움직여 주마!"

황귀는 연무장으로 들어섰다.

그곳에는 이미 황귀를 제외한 단가무쌍대 전원이 정렬해 있었다.

"대주! 오셨습니까."

"그래."

황귀는 확 인상을 썼다.

여기가 어딘가?

정문에 위치한 대연무장도 아니고 이공자 처소 앞의 작은 연무장이 아닌가?

단가무쌍대가 이곳에 소집된 적은 역사상 한 번도 없었다.

"집을 오래 떠나 있더니 가주가 감을 잃었나?"

황귀는 다시 한 번 연가를 선택한 자신의 결정이 옳다는 것을 느꼈다.

단가는 이미 의미가 없다. 연가는 욱일승천하는 기세로 뻗어 나가고 있었지만, 단가는 이름만 알렸을 뿐 내실을 기하지 못했다.

단가 최고의 무력인 자신들을 오 년 동안이나 방치해 둔 것이 바로 그 증거다. 자신이 가주였다면 절대 그러지

이공자에게는 그럴 권한이 없었다.

"이공자님께서 소집하신 겁니까?"

"응."

단천호는 고개를 좌우로 흔들며 기지개를 켰다.

우드득!

뼈 소리가 울려 퍼질 정도로 시원한 기지개였다.

"이공자님께서는 그럴 권한이 없으실 텐데요."

"응? 이거?"

단천호가 바지춤을 뒤적이더니 사타구니께에서 뭔가를 꺼냈다.

단천호의 손에 들린 물체가 햇살을 받아 반짝였다.

"가…… 가주령!"

황금으로 만든 패에 새겨진 단(團) 자. 저건 분명히 가주령이었다.

세상에 가주령을 저딴 데에 보관하다니!

더구나 가주령 앞에 묻어 있는 저 길고 거뭇한 것은 뭐란 말인가!

'망조가 들었군.'

단가에는 확실히 망조가 들었다. 가주령을 저렇게 보관하는 것도 문제지만 이공자가 가주령을 가지고 있다는 것은 더 큰 문제였다. 가주령이라는 것은 함부로 양도하는 것이 아니다. 그러면 권위에 문제가 생기기 때문이다.

그런데 대공자도 아니라 이공자가 그걸 들고 있다니.

이건 확실히 문제였다.

이공자라니!

어디서 영약 하나 주워 먹었는지는 모르지만 대가 약하기로 소문이 난 이공자 아닌가.

그런 멍청이가 가주령을 지니고 있다니!

하지만 일단 가주령을 본 이상 그에 맞는 대응을 해 줄 필요는 있었다.

"황귀가 삼가 가주령을 배알합니다!"

황귀는 무릎을 꿇었다.

황귀의 뒤를 지키던 단가무쌍대도 일제히 무릎을 꿇었다.

단천호는 그 모습을 지켜보다 피식 웃었다.

"왜 그래? 새삼스럽게."

"예?"

"단가 가주령 따위에 꿇으라고 있는 무릎이 아닐 텐데?"

"무슨 말씀이신지?"

단천호는 천천히 전각 계단을 내려왔다. 그의 모습은 여유롭기 짝이 없었다.

"그만둬라. 지금 네 주인은 따로 있잖아?"

황귀의 표정이 딱딱하게 굳었다.

조금 버거울 수는 있지만 하지 못할 일은 아니었다.

"이공자."

"어, 이제 님 자도 안 붙이네?"

"그래도 한때 주인으로 모셨던 가문에 대한 예의로 말하겠소. 지금 도망가면 잡지 않겠소."

황귀는 최대한 예우를 베풀었다. 그가 해 줄 수 있는 것은 그게 전부였다. 그 이상은 그의 권한 밖이었다.

하지만 단천호는 전혀 그렇게 생각하지 않는 모양이었다.

단천호는 못 들을 것을 들었다는 듯 귀를 후비적후비적 후벼 파더니 손가락 끝에 붙은 귓밥을 입으로 후 불었다.

"지랄한다."

황귀의 얼굴이 멍해졌다.

잘못 들은 것인가?

"뭐…… 라고 하셨소?"

"나이도 얼마 처먹지도 않은 게 벌써 가는귀가 먹었나?"

"뭐라고!"

황귀는 이를 악물고 검에 손을 가져갔다.

"지랄한다고. 다시 말해 줄까? 지.랄.한.다.고."

"이공자! 정말 미쳤소?"

단천호는 피식 웃었.

뭔 놈이 이렇게 말이 많은가? 적당히 도발하면 알아서 덤빌 줄도 알아야 할 것 아닌가?

단천호는 가주령을 들었다.

"단가 가주의 이름으로 말한다."

"흠."

"지금 단가무쌍대에 가담하지 않을 자는 모두 내 뒤로 와라."

아무도 움직이지 않았다.

단천호의 인상이 점점 찌푸려졌다.

"없나?"

"소용없소."

"음?"

"우리는 이미 마음을 모았소. 단가에는 미래가 없소. 우리는 연가로 갈 것이오."

"모두의 선택인가?"

"그렇소."

단천호는 볼을 톡톡 두드리며 불편한 심경을 있는 그대로 드러냈다.

"이해를 못 하겠군. 내가 모르는 사이에 임금이라도 체불됐나? 급여가 영 적어? 아니면 식단이 영 별로였어? 고기 좀 더 줄까? 아니면 자유 시간이 모자라서 여자 꼬시기가 힘들었나? 뭐가 그리 불만인 거지?"

"어엇!"

황귀는 놀라 소리를 질렀다.

가주령은 이내 완전히 우그러들었다.

"미치셨소?"

단천호는 둥근 공처럼 변해 버린 가주령을 들어 바닥에 팽개쳤다.

"권위를 잃은 가주령 따위가 무슨 소용이 있나. 어차피 저런 쇳덩어리를 가주령이랍시고 모시는 것은 그 쇳덩어리에 부여한 권위를 인정하겠다는 약속이 있기 때문이지. 이미 이 쇳덩어리는 그 가치를 잃었어."

"음……."

황귀는 의아한 시선으로 단천호를 보았다.

저 사람이 그가 알고 있던 유약한 이공자가 맞는가? 지금까지 알고 있었던 이공자에 대한 생각이 조금씩 깨져 나가고 있었다.

"뭐, 권위야 이제 회복하면 되는 일이지."

"이미 늦었소."

"정말 그럴까?"

단천호의 얼굴에 미소가 지어졌다.

황귀는 어쩐지 불길한 예감이 들었다.

"마지막으로 말한다."

단천호의 시선이 황귀와 정면으로 얽혀 들었다.

"단가에 남을 자들은 지금 내 뒤로 와라."

"우리는 돌아가지 않소."

"모두의 생각인가."

단가무쌍대의 누구도 대답하지 않았다.

침묵은 곧 긍정.

단천호는 고개를 끄덕였다.

"황귀."

"말하시오."

"보고 싶다고 했지?"

"뭘 말이오?"

"전장."

황귀는 크게 고개를 끄덕였다.

"그렇소!"

"그렇다면……."

단천호의 손이 천천히 들렸다.

"보.여.주.지. 그 전장이란 걸."

단천호의 몸에서 폭발적인 살기가 뿜어져 나왔다.

"헉!?"

살기에 놀란 황귀가 자신도 모르게 뒤로 일 장이나 물러섰다.

그러나 단천호는 황귀가 순순히 물러나도록 허락하지 않았다.

대며 서로를 보호했다.

"머리 좋은데?"

그러나 이번에는 머리 위에서 음성이 들려왔다.

"헉!"

"늦었어."

우수는 검게, 그리고 좌수는 하얗게.

건곤벽.

일수에 사십팔 권이 동시에 날아든다.

물론 단가무쌍대가 막기에는 역부족이었다.

파파파파팍!

정신없는 격타음의 뒤에는 여지없이 두 명이 쓰러져 있었다.

"대체!"

단가무쌍대의 부대주 무호(武虎)는 정신이 없었다. 단천호가 보여 주고 있는 저 신위는 도대체 뭔가? 저기 단가무쌍대의 사이를 종횡하며 날아다니고 있는 사람이 정말 이공자 단천호란 말인가?

그럼 그들이 그동안 보아 온 것은 다 뭐란 말인가?

모두가 속고 있었다.

무호로서는 그렇게 생각할 수밖에 없었다.

사실과는 다르겠지만.

"무슨 생각 중이지?"

무호의 눈앞에 단천호가 나타났다.

"허억!"

무호는 기겁하여 검을 휘둘렀다.

휘잉!

단천호가 그 자리에서 퍽 꺼지듯 사라지며 무호의 검이 허공을 가른다.

'어, 어디!'

무호는 기감을 일으켜 단천호의 신형을 찾았다.

'아…… 아래!'

단천호는 멀리 가지 않았다. 순간적으로 앉아 버렸기에 시아에서 사라진 것처럼 느껴졌던 것이다.

물론 그건 중요한 것이 아니었다. 중요한 것은 무호가 지금 완벽한 무방비 상태라는 것이다.

퍼억!

아랫배에 쇳덩어리가 박혀 드는 느낌이 든다.

"커헉!"

무호의 입에서 핏줄기가 뿜어져 나왔다. 무호는 몸에서 힘이 빠져나가는 것을 느끼며 천천히 앞으로 쓰러졌다.

그러나 단천호는 쓰러지는 것마저 허락해 주지 않았다.

"아직 안 되지!"

단천호의 주먹이 아래에서 위로 솟아오르듯 날아든다!

쾅!

그러니 몸뚱이가 아무리 강하다고 해도 제대로 대항할 수 있을 리가 만무했다.

더구나 단천호는 하나의 무기를 더 얻은 상황이었다.

'과연 정공을 가미하니 내공이 쉽사리 사라지지 않는군.'

밖으로 발출되었던 내공이 회전하며 다시 몸 안으로 갈무리된다.

과거의 광천수라마공을 익혔을 때는 꿈도 꾸지 못하던 신기였다.

내공이 일천하기에 일 수, 일 수의 파괴력은 일천하지만 끊임없이 무공을 펼칠 수 있었다.

단가무쌍대는 쉽사리 단천호에게 달려들지 못했다.

"왜? 전장을 원한다면서? 이런 걸 원한 게 아니었나?"

단천호가 말을 걸었지만 아무도 대답하지 않았다.

대답할 말이 없었던 것도 아니고 대답을 하지 않으려 했던 것도 아니다. 그저 대주와 부대주가 쓰러져 버린 상황에서 누가 입을 열어야 할지 몰랐을 뿐이다.

지휘 체계를 잃은 단체는 이렇듯 작은 곳 하나에서부터 문제가 발생하는 것이다.

"크으윽!"

그때 황귀가 천천히 몸을 일으켰다.

"호오?"

단천호는 재미있다는 듯 싱긋이 웃었다.

"그걸 맞고 일어나다니 제법 대가 있군?"

"크으! 이공자!"

"남자 새끼가 부른다고 일일이 대답해 주지는 않을 거다."

"으아아!"

황귀는 악귀처럼 울부짖었다. 뭐가 뭔지 상황 파악도 하지 못하고 나가떨어졌다. 정신을 차려 보니 부대주를 위시한 십여 명이 이미 바닥에 쓰러져 있다.

이런 상황에 누가 열이 받지 않겠는가?

"비겁하게 기습을 하다니!"

"어이쿠, 미안합니다. 난 전장에 나가고 싶다고 배신까지 한 놈들이 설마 '이제부터 싸우겠습니다.' 라고 말한 뒤에 공격해야 한다고 생각할지는 몰랐지 뭡니까?"

"이익!"

황귀는 열이 받았지만 할 말이 없었다.

분명 단천호의 말이 맞았다. 전장에서 누가 예를 갖추고 신호를 해 가며 전투를 벌인다는 말인가?

황귀는 마음을 다잡았다. 흥분해서는 안 된다. 이곳이 전장이라고 한다면 흥분한 자가 먼저 먹힐 것이다.

"이공자의 말이 옳소."

"흠?"

황귀는 일어나 검을 뽑았다.

"이제 우리 단가무쌍대도 이공자를 적으로 간주하고 전력을 다 하겠소."

"돌이킬 수 없을 텐데?"

"어차피 이미 돌이킬 수 없소."

"그런가?"

단천호의 입꼬리가 더욱 올라갔다.

황귀는 어쩐지 등골이 서늘해지는 것 같았다. 아무 일도 일어나지 않았다. 그저 단천호가 짙게 미소를 지었을 뿐이다. 그런데도 공기가 바뀐 듯한 느낌이 들었다.

"각오를 했나?"

"각오?"

"그래, 각오. 전장에서 반드시 살아남겠다는 각오. 내 동료를 죽여서라도 나는 살겠다는 각오. 반드시 임무를 완수하겠다는 각오!"

"개소리!"

"개소리?"

"단가무쌍대는 결코 동료를 버리지 않소!"

단천호는 눈이 더 깊게 가라앉았다. 이들은 지금 뭔가를 단단히 착각하고 있었다.

"동료가 있기에 나아갈 수 있는 것이오. 우리는 설령 내가 죽을지언정 동료를 팔지는 않소."

"그렇군."

단천호의 얼굴에서 미소가 사라졌다.

"그럼 쉽겠어."

"뭐라고?"

파팟!

괴이한 소음과 함께 단천호의 몸이 그 자리에서 사라져 버렸다.

"허억!"

황귀의 눈이 경악으로 물들었다. 아까는 워낙 황망지간에 당한 일이라 정확히 상황을 보지 못했다. 그래서 기습을 당했다고 생각했다.

그러나 지금은 분명 그가 단천호에게 감각을 집중하고 있었는데도 일순 단천호의 기척이 사라져 버린 것이다.

어떻게 이런 일이 벌어질 수 있는가?

"뭘 그리 놀라지?"

등 뒤에서 단천호의 음성이 들려왔다.

"헉!"

미처 반응하기도 전에 황귀는 마혈이 짚혀 그 자리에서 굳어 버렸다.

"말로만 이러니저러니 하는 것들은 쓰레기들이지. 너희가 한 말을 스스로 증명해 봐라."

단천호의 손이 황귀의 머리를 짚었다.

"내가 여기서 손가락 하나만 까닥하면 너희 대장의 머리가 수박처럼 부서져 버리겠지?"

단가무쌍대 전원이 일순 움찔했다.

"무기를 버리고 전원 자신의 마혈을 짚어라. 아니면 너희 대장이 죽는다."

"……."

단가무쌍대는 그 자리에서 뿌리라도 내린 듯 아무도 움직이지 못했다.

이 상황에서 어떻게 대처해야 한다는 말인가?

"모두 나를 신경 쓰지 마라!"

마혈은 짚었으나 아혈은 아직 짚지 않았기에 황귀는 말을 할 수 있었다. 그리고 황귀가 해야 할 선택은 뻔했다.

"난 이미 죽었다. 그러니 나를 신경 쓰지 말고 이공자를 쳐라!"

말은 쉬웠다. 하지만 누가 그런 것을 실제로 행할 수 있다는 말인가?

무려 십오 년 이상을 함께 해 오던 동료이고 상관이었다.

그런 상관의 목숨을 그리 간단하게 생각해 버릴 수 있는 사람이 누가 있단 말인가?

단천호는 입꼬리를 말아 올렸다.

"이상하지? 네 말을 듣지 않는데?"

"단가무쌍대! 지금 당장 공격해라!"

"이런 이런. 말이 다르잖아. 너는 분명 동료는 버리면 안 된다며? 저들이 공격을 하는 순간에 저들은 너라는 동료를 죽이게 되는 거야. 버리게 되는 거라고. 그런데도 그런 명령을 하고 있는 것인가?"

"그건……."

그것과 이것은 상황이 다르지 않은가?

황귀는 그렇게 말하고 싶었다.

하지만 말할 수 없었다.

머릿속이 복잡해져 왔다. 생각하면 생각할수록 이 상황에서 어떻게 대처해야 옳은 것인지 보이지 않았다.

단천호는 인상을 쓰며 단가무쌍대를 돌아보았다.

"쓰레기들. 말은 번지르르 하지만 동료가 죽게 생겼는데 내 목숨을 버리겠다는 놈은 하나도 없군."

단천호의 발이 황귀의 다리를 가격했다.

"커억!"

황귀의 몸이 그 자리에 쓰러졌다.

단천호의 손가락이 황귀의 허벅지를 파고들었다.

"끄아아악!"

황귀의 입에서 비명성이 터져 나왔다.

단천호는 황귀의 허벅지에 손가락을 박아 넣은 채로 단가무쌍대를 돌아보며 싱긋이 웃었다.

"아직도 내가 죽이지는 못할 거라고 생각하는 사람?"

"……."

아무도 나서지 못했다.

단천호는 황귀의 허벅지에서 손가락을 뽑아내고는 황귀의 머리에 발을 올렸다.

"자, 마지막으로 말한다. 전원 무기를 버리고 스스로의 마혈을 짚어라. 마지막이다."

"들으면 안 된다! 다들 공격해! 공격하란 말이다!!"

황귀의 말은 발악과도 같았지만 누구도 공격해 오지 않았다.

오히려 황귀가 정말 듣고 싶지 않았던 말이 나왔다.

"할 수 없습니다, 대주."

챙. 챙.

여기저기서 무기가 바닥으로 떨어지는 소리가 들렸다.

"이 멍청한 자식들아!"

"우리는 동료입니다. 어떻게 동료가 죽을 것을 알면서도 공격을 할 수 있다는 말입니까."

여기저기서 단가무쌍대의 무사들이 스스로의 마혈을 짚었다.

단천호는 안력을 돋워 그중 속이는 자가 없는지 점검했다. 그러나 누구도 그러한 짓을 하지 않았다.

단천호는 한숨을 내쉬었다.

"단가 무쌍대 오십 명 전원 제압."

단천호는 무뚝뚝하게 말을 내뱉었다.

그리고 그 말이 황귀의 심장을 후벼 팠다.

"크윽!"

뭔가 해 보려 했다. 그리고 뭔가를 바꿔 보려 했다.

그런데 이게 뭔가? 이렇게 허무하게 끝나려고 단가를 배신했던가?

이건 해도 해도 너무하지 않은가?

이렇게 허무하게 모든 것이 끝나 버려서는 안 되는 일이었다.

"비겁한 자식!"

울분을 터뜨릴 대상이라고는 하나밖에 없었다. 자신의 머리에 발을 올리고 이죽거리고 있는 이공자. 할 수만 있다면 지금이라도 그를 갈아 마셔 버리고 싶은 심정이었다.

그의 심정을 아는지 모르는지 단천호는 여전히 입가에 미소를 지우지 않은 채 말했다.

"비겁?"

"그래! 비겁하다!"

"뭐가?"

황귀의 눈에 핏발이 섰다.

몰라서 묻는가?

"명문의 자제로서 어찌 인질을 잡을 수 있단 말이냐!"

"지랄하고 자빠졌네."

단천호는 콧방귀를 뀌었다.

"그럼? 니들이 칼 들고 설치면서 다 뒤집어엎을 테니, 우리는 있는 실력 그대로 정정당당하게 너랑 맞서라? 뒤에서 칼을 쑤시지도 말고 인질도 잡지 말고 그냥 실력대로 뒈지라고?"

"……."

"칼 들고 설치면서 뭘 바랐지? 목숨이 걸렸는데 이야기책에 나오는 것처럼 정정당당한 싸움이 벌어지기를 바랐던 건가? 독을 쓸 수 있다면 독이라도 써야 하고, 화공을 쓸 수 있다면 불이라도 질러야 하는 것이 전투다."

황귀는 인정할 수 없었다. 그가 수십 년 동안 배워 온 것은 그런 것이 아니었다. 신의와 인의를 가지고 서로 병기를 마주 하는 것. 그것이 전투였다.

"궤변이다!"

"그건 너고. 전투는 정정당당하게 해 주길 바라면서 배신을 했냐? 아무리 귀에 걸면 귀걸이고 코에 걸면 코걸이라지만 너무 인생 쉽게 쉽게 사는 거 같지 않아?"

"나…… 나는!"

"닥쳐! 네 말은 더 들어줄 생각도 없어. 넌 어차피 패배했어. 지금 너희는 고깃덩어리일 뿐이야. 이제 하나하나 처참하게 고문받다가 죽겠지. 그게 너희에게 남아 있는 마지막이야."

"뭐라고? 넌 지금 내 부하들을 죽이겠다는 말이냐?"

"왜? 그럼 안 돼?"

단천호의 미소는 악귀와 다름없었다.

적어도 황귀의 눈에는 악귀보다 더해 보였다.

"그…… 그들은 모두 저항하지 않고 항복했다!"

"네가 인질로 잡혔으니까."

"그래도 항복했다는 사실은 변하지 않는다!"

"배신을 했다는 사실도 변하지 않지."

황귀는 미칠 듯한 심정으로 피를 토하듯 외쳤다.

"야! 이 개자식아! 너에게는 최소한의 인정이라는 것도 없는 거냐?"

퍼펙!

황귀의 입에 단천호의 발이 틀어박혔다.

황귀의 이빨이 부러져 나가며 사방으로 튀었다.

"지껄이지 마. 내가 왜 너희한테 인정을 보여야 하지?"

"끄으윽!"

"너희는 멍청하다 못 해 무능했다. 내가 너희에게 항복하면 살려 준다고 했나? 아니면 스스로 마혈을 짚으면 황귀 너를 살려 준다고 했나?"

"그, 그건……."

"처음 네가 나한테 인질로 잡혔을 때만 해도 내가 손에 넣은 목숨은 너 하나였다. 그러나 스스로 마혈을 짚었을 때 너희 전원의 목숨이 내 손에 들어온 거야. 이게 니가 말하는 동료애냐?"

"……."

단천호의 눈이 스산하게 빛났다.

"난 처음에 너희를 어떻게든 회유해 보려고 했다."

"크윽!"

"그런데 너희는 그럴 가치도 없는 쓰레기들이야. 어쭙잖은 동료 의식으로 자신의 목숨까지 모두 날려 버리는 쓰레기들이지. 너희는 무인이 아냐. 같잖은 영웅심에 자기 목숨을 발톱의 때만큼도 생각하지 않는 쓰레기일 뿐이다."

"이공자!"

"여기서 죽어라. 그동안 세가에서 일을 한 공을 보아 고통스럽지 않게 죽여주겠다. 그게 내가 보일 수 있는 최대한의 아량이다."

황귀는 다급해졌다.

단천호의 눈은 진지했다. 그는 정말 자신들 모두를 죽일 생각이었다. 지금은 자존심을 내세우며 누가 옳고 그른가를 가릴 때가 아니었다. 자존심을 버려서라도 빌고 간청할 때였다.

황귀의 말투가 바뀌었다.

"이공자! 제발! 제발 한 번만 더 기회를 주십시오!"

그러나 단천호에게는 통하지 않았다.

"닥쳐! 쓰레기. 쓰레기가 노력한다고 해서 다른 것이 되지는 않는다. 어차피 한 번 쓰레기는 죽을 때까지 쓰레기일 뿐이야. 사람의 몸은 단련할 수 있다. 무위도 높일 수 있어. 하지만 정신 상태가 썩은 놈들은 절대 고칠 수 없다. 너희는 어디에 가도 밥이나 축내는 쓰레기일 뿐이다."

"아닙니다! 아닙니다! 이공자님, 제발! 제발 한 번만 더 기회를 주십시오! 저는! 저는 죽어도 좋습니다. 저를 천참만륙을 내셔도 좋습니다. 하지만 이 못난 놈을 살리겠다고 저 꼴이 된 놈들만은 제발 살려 주십시오! 무공을 폐해도 좋습니다. 살려만 주십시오! 이공자님! 이공자님! 제발!"

황귀는 바닥을 기며 단천호의 발에 매달렸다.

얼마나 다급하고 간절했던지 그는 자신의 마혈이 풀렸다는 사실도 눈치채지 못했다.

단천호는 자신의 바지 자락을 잡고 늘어지는 황귀를 보며 코웃음을 쳤다.

"주인을 문 개새끼는 죽인다. 왜인지 아나? 언젠가는 다시 물기 때문이다. 먹이를 줄 때는 꼬리를 흔들다가도 언젠가 기회가 생기면 다시 주인을 물지. 그래서 주인을 문 개새끼는 죽이는 거다. 내가 너희를 다시 한 번 믿어야 할 이유가 도대체 어디에 있나?"

"백의종군하겠습니다! 무공을 폐하시라면 폐하고 단가

장의 하인이 되어 바닥이라도 쓸겠습니다. 제발! 제발 한 번만 더 기회를 주십시오."

"그럴 필요 없다. 지금 결정하게 해 주지."

단천호의 손이 허공을 휘휘 저었다.

"으윽!"

"허억!"

여기저기서 비명이 터져 나오며 단가무쌍대원들이 몸을 일으켰다.

마혈이 풀린 것이다.

"난 너희에게 어떠한 금제도 하지 않았다. 인질을 잡아서 비겁하다고? 내가 너희 따위를 감당하지 못해서 그랬던 것 같나? 원한다면 다시 덤벼라. 너희 같은 쓰레기는 아무리 많이 모여도 나 하나를 감당하지 못한다는 것을 증명해 주마."

황귀는 도무지 사태를 파악할 수 없었다.

갑자기 달려들어 난장판을 내놓더니 인질을 잡아 제압했다. 그것으로도 모자라 다시 제압한 것을 풀고 덤비라고 한다.

이걸 대체 어떻게 받아들여야 한다는 말인가?

"대…… 대주! 정말 제압이 풀렸습니다."

뒤에서 들리는 목소리는 황귀의 머리를 더욱 어지럽게 했다.

"마지막 기회를 준다. 덤벼! 날 죽이면 너희는 이곳에서 살아갈 수 있겠지. 하지만 날 죽이지 못한다면 너희가 죽을 것이다."

단천호는 오연히 서서 그들을 내려다보았다.

단천호는 어떠한 기운도 내뿜지 않았지만 누구도 단천호의 눈을 마주 보지 못했다.

"이…… 이공자님!"

황귀의 말이 어느새 존대로 바뀌어 있었다.

"덤벼 봐."

단천호의 몸에서 서서히 살기가 뿜어져 나왔다.

황귀로서는 태어나서 한 번도 느껴본 적 없는 농밀한 살기. 숨이 턱턱 막히고 기혈이 뒤틀리는 것만 같았다.

"끄으윽!"

상대적으로 무공이 떨어지는 자들은 후들거리는 다리로 억지로 몸을 지탱하고 있었다.

"그 정도 각오로……"

단천호의 몸에서 투기와 살기가 터져 나왔다.

"감히 단가를 노렸더냐!"

단천호의 고함과 함께 살기가 사방으로 폭사되었다. 그의 살기가 유형화 되면서 거대한 바람을 불러왔다.

쿠오오오.

마치 태풍이 부는 것처럼 사방이 광폭한 바람에 휩싸여

버렸다.

황귀는 덜덜 떨리는 다리를 필사적으로 진정 시키며 뒤로 정신없이 물러났다.

누군가?

그의 앞에 서 있는 자는 도대체 누군가?

지금 천신과도 같은 기세를 뿜어내는 저 사람이 단가의 명청이였던 이공자 단천호라고?

저 사람이 정말 그가 지금까지 보아 왔던 이공자 단천호란 말인가!

농담도 정도가 있었다.

황귀는 뒤를 돌아보았다.

모두 넋이 나갔다. 거사가 오기도 전에 일이 탄로 나고, 제대로 싸워 보기도 전에 모두 제압당했다.

그리고 그들 전부가 낱낱이 부정당했다.

그런 복잡한 상황에서 터져 나온 살기.

이 일련의 과정은 단가무쌍대의 머릿속을 새하얗게 지워 버리기에 충분했다.

황귀는 결심했다.

이대로는 싸워 봤자 아무 소용이 없다. 양 떼가 늑대에게 물어뜯기듯 모두가 손 한 번 써 보지 못하고 학살당하고 말 것이다.

"이공자님! 부탁이 있습니다."

"네까짓 놈이 감히 나에게 부탁이라는 말을 쓰는 거냐?"

쿵!

황귀가 제자리에서 엎드리며 머리를 땅에 박았다.

쿵! 쿵!

연이어 두 번 바닥에 강하게 부딪히는 머리.

삼고두(三叩頭)의 예였다.

"제발! 제발 감히 한 번의 청을 드릴 수 있게 허해 주십시오."

단천호의 눈은 여전히 싸늘했다.

"머리가 높은 놈들이 많군."

털썩! 털썩!

여기저기서 무릎을 꿇는 소리가 들려왔다.

단가무쌍대는 단천호의 기세에 압도되어 너 나 할 것 없이 모두 무릎을 꿇고 바닥에 온몸을 던졌다.

오체투지.

몸의 모든 부위를 바닥에 대는 최상의 예였다.

단천호는 오체투지를 한 단가무쌍대의 모습에서 아련한 향수를 느꼈다. 과거 그를 보는 자들은 여지없이 오체투지를 하며 극진한 존경을 보였다. 그 시절의 모습이 다시 되살아난 것이다.

"말해 봐라."

단천호의 허락이 떨어지자 황귀는 침을 꿀꺽 삼키며 입을 열었다.

"이공자님! 이들에게는 죄가 없습니다. 이들에게 죄가 있다면 못난 대주를 둔 죄밖에 없습니다. 다들 상황도 제대로 모르고 제 감언이설에 속아 가담을 결정한 놈들입니다. 제가 협박했습니다. 제가 이들을 속였습니다. 그러니 제발 저 하나의 목숨으로 끝내 주십시오!"

단천호는 비슷한 상황을 겪은 것 같다고 생각했다.

자신의 목숨으로 대원들을 살리려던 유호대주 유초. 단가무쌍대의 대주인 황귀가 그와 똑같은 행동을 하고 있었다.

하지만 그때와 다르게 단천호의 마음은 쉽게 풀리지 않았다. 애초에 지은 죄가 다른 것이다.

"내가 왜 그래야 하지? 너희 같은 쓰레기 한 놈을 더 살려 놓는다고 무슨 이득이 있어서 내가 그래야 하느냔 말이다!"

그때 부대주인 무호가 언제 정신을 차렸는지 앞으로 뛰어나와 오체투지를 했다.

"이공자님! 제가 대원들을 제대로 관리하지 못했습니다. 대주의 목으로 부족하시다면 이 미욱한 놈의 목을 쳐 그 화를 푸십시오!"

"감히!"

단천호의 눈에 광폭한 기세가 떠올랐다. 과거에는 누구도 그의 결정이 떨어지기 전까지 입을 열지 못했다. 누구도 그에게 결정을 강요하지 못했다.

그것이 혈천이었다.

그의 손가락 하나가 움직이면 수많은 자들이 몸을 벌벌 떨었던 곳이 혈천이었다.

단천호의 속 깊은 곳에 잠재되어 있던 본성이 끓어올랐다.

"감히 네까짓 것들이 내게 강요하는 것이냐!"

화아악!

살기가 극대화 되어 터져 나갔다.

"끄어어억!"

단가무쌍대는 모두 심장을 움켜쥐고 바닥을 굴렀다. 감히 내공을 끌어올려 저항할 생각조차 하지 못했다.

단천호의 눈에 광기가 떠올랐다.

그때였다.

"까아아악!"

날카로운 비명이 단천호의 귀를 후벼 팠다.

단천호의 고개가 돌아갔다.

거기엔 언제 나타났는지 새파랗게 질린 모용가려가 심장을 움켜잡고 있었다.

"흐음……."

단천호는 자신이 너무 흥분했다는 사실을 알고는 살기를 거뒀다.

"허억!"

단가무쌍대는 식은땀을 흘리며 다시 모두가 오체투지를 했다.

"황귀."

"예!"

황귀의 대답이 얼마나 컸는지 전각이 흔들리는 것만 같았다.

"지금 이 시간부로 단가무쌍대의 모든 권한을 박탈한다."

"따르겠습니다!"

"단가무쌍대 전원은 무기를 해지하고 앞으로 반년간 내공 사용을 금한다. 단가의 하인으로 배속되어 밑바닥에서부터 다시 기어올라 와라."

"충!"

"물론, 이 모든 결정은 아버님의 승인이 떨어졌을 시에 가능하다. 너희 전부는 지금 당장 가주전으로 달려가 그 쓸모없는 대가리를 땅에 처박아라. 가주께서 너희를 용서하지 않으신다면 내 친히 너희의 목숨을 거둘 것이다."

"명심하겠습니다!"

"가라."

"충!"

단천호의 말이 끝나자 단가무쌍대 전원이 전력으로 가주전을 향해 달려갔다.

그 급한 와중에도 감히 내공을 쓰는 자는 하나도 없었다.

단천호는 혀를 쯔쯔 차더니 모용가려를 향해 다가갔다.

"간이 부었군."

단천호의 목소리는 차갑기 그지없었다.

모용가려는 식은땀을 연신 흘리면서 단천호를 노려보았다. 수련을 하러 왔다가 본의 아니게 보게 된 장면이다. 그런데 왜 이런 소리를 들어야 하는가.

"나는……."

"닥쳐라, 계집. 그 주둥아리 처막아 버리기 전에."

모용가려가 채 말을 끝내기도 전에 단천호의 일갈이 터져 나왔다.

모용가려는 황망함과 당황이 뒤섞인 표정을 지었다.

하지만 단천호의 표정을 본 모용가려는 아무 말도 할 수 없었다.

단천호의 표정은 더없이 차가웠다.

"어떻게……."

황당함과 억울함이 동시에 들끓었다. 입을 열면 눈물이 흘러 버릴 것만 같아서 아무 말도 할 수 없었다.

"너는 단가를 도대체 뭐라고 생각하는 거냐?"

"……"

"모용세가의 위세가 더럽게도 높구나. 감히 객으로 온 입장에서 타 가문의 안을 이리저리 휘젓고 다니는 것으로 모자라 타 가문의 행사를 지켜보다니."

"그, 그게 아니라……"

"모용세가에서는 네 안하무인이 통할지 모르겠지만 단가에서는 아니다. 한 번만 더 네가 단가를 우습게 보고 행동할 시에는 절대 가만히 두지 않겠다."

단천호는 그 말을 남기고 찬바람이 불도록 몸을 돌려버렸다.

모용가려의 눈에서 눈물이 흘러내렸다. 이유는 알지 못했지만 자꾸만 서러웠다.

하지만 단천호는 끝끝내 돌아보지 않았다.

10장 — 썩은 싹을 도려내다

단천호는 반성 중이었다.

아무리 생각해도 오전에 있었던 일은 그가 크게 잘못한 것이 맞았다. 인간으로서 그런 짓을 해서는 안 되는 일이었다.

단천호는 침통한 심정으로 고개를 숙였다.

'겨우! 겨우! 겨우 그 정도라니!'

단천호의 이가 절로 악다물어졌다.

"가문을 배신한 놈들을 하나도 죽이지 않고 몸 성히 용서해 주다니! 미쳤지! 내가 미쳤지! 평화에 젖은 삶을 살다 보니 내가 넋이 나가 버린 거지!"

그 참혹했던 구타와 폭행의 순간은 이미 단천호의 머릿

속에서 깨끗이 지워져 버린 후였다.

단천호는 후회 속에서 침상을 데굴데굴 굴렀다.

"아무래도 내가 너무 물러졌어!"

이대로는 앞으로 다가올 전란의 시대에 대처하기가 힘들어진다.

장수란 모름지기 뱃속에 칼을 품고 독심을 키워야 하는 법. 과거보다 더 험난한 길이 기다리고 있을 게 뻔한데, 과거보다 물러져서 어쩌자는 말인가?

단천호는 침통한 표정으로 침상에서 일어났다.

단천호를 더 크게 상심하게 한 것은 단무성의 대처였다.

단가무쌍대가 거지꼴로 달려가자 단무성은 눈이 휘둥그레져서는 황귀의 손을 얼싸 잡고 말았다.

"대주! 이게 대체 무슨 일이오!"

아무리 일부러 기다리고 있었다지만 저 역사책에나 나올 것 같은 대사라니!

뒤이은 황귀의 뉘우침과 통곡이 이어지자 단무성은 무려 모두를 용서한다고 말해 버렸다.

물론 단천호가 그 꼴을 보고 있었을 리가 없다.

단무성은 하인은 너무 심하고 하급 무사부터 다시 시작

하는 게 어떠냐고 제안했지만 씨알도 안 먹힐 소리였다.

은근히 기대하던 단가무쌍대는 단천호와 눈이 마주치자 찍소리도 하지 못하고 되려 하인이 되게 해 달라고 빌고 말았다.

그리고 단가무쌍대는 지금 연리연의 처소를 포위하고 있었다.

"으아! 배신을 했는데, 그놈들을 다 용서한다니! 이게 대체 무슨 심보야! 무슨 생각을 하시는 거야!"

역시 아버지란 사람은 믿을 사람이 아니었다. 믿고 함께 일을 할 사람이 아니라는 말이다.

단천호는 한동안 발악을 하다가 문을 박차고 밖으로 나왔다.

해는 이미 뉘엿뉘엿 서산으로 넘어가고 있었다.

"시간이 됐군."

단천호는 휘적휘적 걸어서 연리연의 처소로 향했다.

단천호는 일부러 연리연을 바로 치지 않았다. 단가무쌍대가 포위를 한 그 순간부터 연리연은 뭔가 잘못되었다는 사실을 알고 뭔가 해 보려고 발악을 했을 것이다.

그러나 단천호의 명을 들은 단가무쌍대가 연리연의 말을 들을 리도 없었고 쥐새끼 한 마리 밖으로 나가도록 허락해 줄 리도 없었다.

단천호는 여유로운 걸음걸이로 걸었다.

하지만 속은 부글부글 끓고 있었다.

"이게 다 연리연 그 계집 때문이다!"

유일하게 다행인 점은 화를 풀 곳이 있다는 점이었다.

단천호는 콧김을 씩씩 뿜으며 단가무쌍대가 포위하고 있는 연리연의 처소에 도착했다.

"추…… 추우우웅!"

단천호를 보고 기겁을 한 단가무쌍대가 커다랗게 구령을 붙인다.

단천호는 대충 손을 휘저었다.

이것도 문제다!

단가무쌍대를 하인으로 내렸더니 연가의 참마대를 상대할 사람들이 없었다.

아직 기초 수련이나 하고 있는 유호대로는 도저히 그들을 막을 수 없었다.

그렇다고 단천호가 직접 나서는 것도 모양새가 안 좋았다.

그러다 보니 일시적으로 대의 권한을 되살려 단가무쌍대를 사용할 수밖에 없었다.

'버릇 나빠질 텐데!'

잘못을 하고도 제대로 된 벌을 받지 않는다면 정말 잘못을 쉽게 생각하게 된다.

단천호는 그걸 용인할 생각이 추호도 없었다.

'날 잡아서 다시 손을 봐야겠어.'

황귀는 갑자기 오한이 든다고 생각했다.

'그리고 유호대도 하루빨리 훈련 강도를 올려야겠어!'

유우란을 호위하고 있었던 유호대주 유초의 등에도 오한이 찾아왔다.

"길 터라."

단천호의 말 한마디에 단가무쌍대가 좌우로 쫘악 갈라졌다.

단천호는 뾰루퉁한 얼굴로 그 사이를 걸어 들어갔다.

단천호의 표정을 본 단가무쌍대의 등을 타고 식은땀이 뚝뚝 떨어졌다.

'기…… 기분 나쁘신가 봐!'

'또 처 맞는 거 아냐?'

'크흑. 우리가 어쩌다가.'

세가 최약체의 유호대나 세가 최강의 단가무쌍대가 결국 결말은 똑같았다.

단천호 앞에서는 누가 더 강하고 누가 더 약하고의 구분이 없었다.

결국은 다 뱀 앞의 쥐 꼴인 것이다.

단가무쌍대가 길을 트자 전각 앞에 나와 있는 연리연과 단천룡이 보였다.

"흠……"

단천호는 비릿한 미소를 지으며 그들에게 다가갔다.

연리연의 주변으로는 이미 단가무쌍대에 의해 체포된 수십 명의 가신들이 보였다. 그리고 그 뒤로 참마대가 시립해 있었다.

단가무쌍대가 포위를 했지만 아직 위협을 가하거나 마땅히 해를 끼친 것은 아니다 보니 그들도 나서지 못하고 있는 모양이었다.

"이공자님!"

"천호, 네 이놈!"

가신들과 연리연의 비명과도 같은 외침이 들려왔다.

단천호는 귀를 후비며 앞으로 다가갔다.

"이거, 이거. 꼴좋습니다?"

단천호는 날건달처럼 이죽거렸다. 사람 속을 뒤집어 놓는 데는 이것보다 좋은 게 없다. 단천호는 그걸 무척 잘 알고 있었다.

"네 이놈! 이게 무슨 짓이냐! 당장 포위를 풀지 못할까?"

"이공자님! 오해입니다. 저희는 절대 연가에 가담한 적이 없습니다. 목숨이 두 개가 아니고서야 어떻게 그런 짓을 하겠습니까."

단천호는 눈앞에 보이는 추악한 인간 군상을 보며 한숨을 내쉬었다. 그래도 나름 신흥 명문이라는 단가장인데,

목숨이 위험하자 바로 이런 꼴을 보인다. 처음부터 기반이 잘못되어 있었던 것이다.

그러나 나름 기골이 있어 보이는 놈도 있었다.

"단천호!"

"호오?"

그의 이름을 부르며 당당히 소리치는 자는 단가의 장남이자 단천호의 형인 단천룡이었다.

"이게 무슨 짓이냐!"

단천호는 단천룡과 시선을 마주쳤다.

"몰라서 묻나?"

"으……."

"몰랐다는 소리는 하지 말아야지. 안 그래? 너도 전부를 아는 것은 아니겠지만 대충 네 어미가 연가와 뭔가를 획책한다는 사실은 알고 있었을 것 아닌가?"

"난……."

"너도 남자라면 변명 같은 건 하지 마라."

단천룡은 입술을 꽉 물었다. 여기서 변명을 하는 것은 추하기 짝이 없는 일이다. 이미 모든 것이 밝혀졌다. 그런데 변명을 해서 뭘 어쩌겠다는 말인가?

"우릴 어쩔 셈이냐."

"글쎄? 그건 나 혼자 결정할 일은 아닌 것 같군. 나도 아직 어떤 공식적인 직함도 받지 못한 상황이라서 말이지."

단천호의 고개가 들렸다.

"육 총관!"

"네! 이공자님!"

단천호의 말이 끝나기 무섭게 총관인 육만리가 달려왔
다.

과거에는 육만리에게 존대를 쓰며 공경을 보이던 단천
호였지만 지금은 당당히 반말을 쓰고 있었다.

그러나 그곳에 있는 사람들은 모두 자연스럽게 그것을
받아들였다.

"가서 가주님을 모셔 와라."

"예!"

육만리는 경공을 펼쳐 빠르게 달려갔다.

단천호는 육만리의 뒷모습을 잠시 지켜보다가 다시 고
개를 돌렸다.

"너희의 죄는 가주께서 오신 후에 묻겠다."

"이놈! 죄라니! 내가 무슨 죄를 지었다고 죄라는 말을
쓴다는 말이냐! 네까짓 놈이 감히 나를 취조하겠다는 것이
냐!"

연리연의 발악은 멈추지 않았다.

단천호는 고개를 돌려 버렸다.

가끔 저런 인간이 있다. 분위기도 상황도 사람도 파악

64

하지 못하는 인간. 목에 칼이 들어와야지 상황이 안 좋게 돌아간다는 것을 아는 인간.

그런 인간이 단가의 안방을 차지한 순간부터 단가의 미래는 어두웠던 것이다.

단천호는 연리연의 주위에 서 있는 가신들을 똑똑히 보았다.

조부 때부터 단가와 함께하던 이도 있었고 들어온 지 채 십 년도 되지 않는 사람도 있었다.

그러나 그들은 모두 단가를 배신했다.

그건 뭘 말하는 걸까?

그들 모두가 단가의 미래가 없다고 느꼈다는 것이다.

이런 일이 벌어지게 만든 것은 연리연의 잘못만으로는 볼 수 없었다. 가주인 단무성이 잘못한 것이다.

이제 바꿔야 한다.

단가는 그의 토대. 앞으로 멀리 뻗어 나가서 혈천과 대적하기 위해서는 토대가 든든해야 한다.

이제는 그 토대를 다시 쌓을 시간이었다.

시간이 얼마 지나지 않아 단무성이 나타났다.

단천호는 고개를 숙여 가주에게 예를 표했다.

단무성은 무거운 얼굴로 고개를 끄덕이더니 천천히 걸어 단천호의 곁에 와 섰다.

"의자."

"예!"

단천호의 말이 떨어지자 무사들이 황급히 두 개의 의자를 가지고 왔다.

단천호는 단무성의 등 뒤에 의자를 가져다 놓고 자신은 앉지 않았다.

지금은 가주의 권위가 중요한 시점이다.

"비키거라."

"음?"

단천호는 등 뒤에서 들려온 음성에 눈살을 찌푸렸다.

누가 감히 자신에게!

"헉! 어머니!"

거기에는 유우란이 서 있었다.

모르게 처리해 버리려고 애썼는데 이런 일이 벌어지다니!

단천호의 시선이 유우란의 등 뒤로 향했다.

거기에는 사색이 된 유초가 몸을 벌벌 떨고 있었다.

"쓰읍!"

"이…… 이공자님."

유우란은 성큼성큼 걸어서 단무성 옆에 마련된 의자에 앉았다.

단천호도 그걸 제지하지는 못했다.

지금 유우란은 단가의 안주인. 단천호는 유우란을 제지

할 명분이 없었다.

심약한 유우란이 이런 모습을 보게 하고 싶지 않아서 굳이 모르게 일을 처리했는데……. 이렇게 되면 별다른 수가 없었다.

단천호는 얼굴을 굳히고 고개를 돌렸다.

"죄인들의 취조를 시작한다."

"네 이놈! 죄인이라니! 가가! 이게 대체 무슨 일입니까!"

연리연이 발악했지만 단무성은 입을 열지 않았다. 입술을 굳게 다물고 차가운 눈으로 연리연을 바라보았을 뿐이다.

"가…… 가가!"

연리연의 눈에 절망이 드리웠다. 단무성이 저런 눈으로 자신을 본 것은 결단코 처음이었다.

단천호가 앞으로 나섰다. 이제 모든 것을 정리해야 할 시간이었다.

"총관."

"예! 이공자님."

"죄인들의 죄를 고하라!"

육만리는 무릎을 꿇은 채 서류를 들어 읽기 시작했다.

"단가의 안주인이자 가주 단무성의 처 연리연은 연가의 사주를 받아 단가의 단가무쌍대를 회유했으며, 수많은 가신들을 회유하여 단가를 집어삼킬 모략을 획책했습니다. 여기에 있는 자들은 연리연의 꾐에 넘어가 단가를 배신하고 연가를 따르겠다고 맹세한 자들입니다."

"가가! 사실이 아닙니다."

단천호는 연리연의 말을 무시했다.

"그에 따른 처벌은 어떻게 되는가?"

"예. 가법에 따르면 다른 세력과 결탁하여 가문을 노린 자들은 모두 단맥하고 뇌옥에 영구히 가두도록 되어 있습니다. 그리고 그 수장은 사지를 잘라 죽입니다."

육만리는 자신이 할 말이 끝났다는 듯 서류를 덮고 조용히 뒤로 가 시립했다.

평소에는 총관인 자신이 나서서 할 일들이지만 이런 중요한 사항에 대해서는 가주나 소가주가 직접 나서서 일을 처리하도록 되어 있었다.

지금 소가주가 죄에 연루된 상황이므로 전권은 가주와 이공자에게 있었다.

"이의 있는 자 있는가?"

단천호의 말에 좌중은 침묵에 잠겼다. 저 말은 곧 가법 그대로 죄를 묻겠다는 말이 아닌가?

이대로라면 전부가 사지 근맥이 잘린 채 지하 감옥에 투옥되게 된다.

그런 꼴로 평생을 살 수는 없었다.

"가…… 가주님!"

한 가신이 앞으로 뛰어나왔다.

십여 년 전 단가에 투신한 상청(想淸)이었다.

"저는 결단코 저 연리연과 결탁한 적이……."

퍼억!

채 말을 끝내기도 전에 단천호의 발이 상청의 얼굴에 틀어박혔다.

"끄아악!"

상청은 이빨이 모두 부러지며 바닥을 데굴데굴 굴렀다.

그나마 단천호가 상청을 죽이려 하지 않았기에 이 정도에서 끝났지 마음을 먹었다면 발로 걷어차는 순간 머리가 날아갔을 것이다.

단천호는 품에서 하나의 족자를 꺼냈다.

화악!

족자가 펼쳐지며 수많은 수결이 드러났다.

"일을 참 쉽게도 만들어 주더군. 너희가 연가에 충성을 맹세한 수결이다. 자신의 수결이 아니라고 할 사람이 있으면 앞으로 나서라. 손목을 잘라 주겠다."

단천호의 눈이 무시무시하게 빛났다.

"그…… 그런……."

모두가 원망 어린 얼굴로 연리연을 바라보았다.

저게 어떤 물건인데 단천호의 손에 들어가 있다는 말인

가!

당황하기는 연리연 역시 마찬가지였다. 저 수결을 단천
호가 들고 있는 이상 더 이상의 반항은 아무런 의미가 없
었다.

단무성의 싸늘한 눈이 이해가 갔다.

"어…… 어떻게……."

저 수결은 연리연의 처소 가장 깊은 곳에 보관해 둔 물
건이다. 그런데 저 물건을 어떻게 단천호가 들고 있는지
도통 알 수가 없었다.

물론 단천호는 이 수결을 손에 넣기 위해서 친히 연리
연의 침소에 잠입해 들어갔다.

물론 참마대로는 단천호의 침입을 눈치조차 챌 수 없었
다.

"또 할 말 있나?"

단천호의 싸늘한 음성이 공황에 빠진 가신들을 강제로
현실로 돌아오게 만들었다.

이대로는 안 된다. 무슨 수를 내야 한다.

"한 말씀 올리겠습니다."

백발의 노인이 두 손을 가지런히 모으고 앞으로 나섰
다.

"음……."

단무성이 침음성을 뱉었다.

이유인즉슨 앞으로 나선 노인은 단무성의 아버지, 즉 전 가주 때부터 단가를 모셔 왔던 우량(優量)이었다.

우량까지 연가에 가담했다는 것이 단무성의 가슴을 무겁게 눌러 왔다.

"저희 모두가 연가에 가담했던 사실을 인정합니다."

단무성의 눈썹이 꿈틀댔다. 알고 있던 사실이었지만 당사자의 입에서 직접 듣게 되자 느낌이 또 남달랐다.

세가가 무너지고 있었는데 가주인 자신이 알아채지 못했다. 이 얼마나 서글픈 일인가.

"그러나 저희는 단가를 배신하려고 했던 것이 아닙니다. 연가가 직접 단가를 노린다면 단가는 절대 연가를 막아 낼 수 없습니다. 모두가 몰살당하는 결과를 낳으니 차라리 연가와 손을 잡아서 그 아래로 들어가는……."

"본론만 말해라."

단천호의 싸늘한 음성이 우량의 말을 잘랐다.

우량은 고개를 끄덕이고 말을 이었다.

"가주님. 저희의 죄는 모두 인정하고 잘못을 빌겠습니다. 하지만 이 많은 가신들을 버리시고 단가를 다시 이끌어 나가는 건 결코 쉬운 일이 아닙니다. 부디 한 번의 기회를 더 주십시오. 다시는 이런 일이 없도록 제가 책임지고 가신들을 이끌겠습니다."

"흐음……"

단무성은 고민에 빠지지 않을 수 없었다.

우량의 말은 분명 일리가 있었다. 연리연을 위시한 서른 명의 가신.

세가 전체의 삼분지 일에 달하는 가신들이다. 이들이 맡고 있는 사업체와 여러 가지 기관들을 생각하면 이들을 한 번에 덜어 내는 것은 커다란 모험이 아닐 수 없었다.

"할 말은 다했나?"

단천호의 말에 우량은 고개를 끄덕였다.

이미 가주가 고민을 하기 시작했다. 그렇다면 마음 약한 가주는 결국 자신들을 다시 받아들일 것이다.

우량은 회심의 미소를 지었다.

그러나 우량은 한 가지를 아직도 파악하지 못했다.

"늙은이가 미쳤구나."

그것은 단천호의 존재였다.

"허어."

우량은 기가 차다는 듯이 장탄성을 내뱉었다.

그는 단천호의 조부 때부터 단가를 모셔 왔던 가신이다. 단가의 가주인 단무성도 자신을 이렇게 막 대하지는 않는다. 그런데 새파란 어린놈이 자신에게 늙은이라는 말을 써 가며 모욕을 주고 있는 것이다.

"이공자 말이 심하시오!"

"심해?"

단천호는 빙글빙글 웃었다.

"심한 게 뭔지 모르지?"

쾅!

단천호의 발이 연무장 바닥을 파고들어 갔다.

깜짝 놀라 뒤로 흠칫 물러났다.

"늙은이. 그 잘 안 들리는 귀를 곤추세우는 것이 좋을 것이다. 그래야 그 더러운 목숨이라도 부지할 수 있을 테니까. 한 번의 기회를 더 달라고? 개소리 지껄이지 마라. 너희는 배신을 했다. 배신을 한 자에게 다시 기회를 주는 것은 어디의 법도냐."

"그동안 저희는 오랜 기간 동안 충절을 다해……."

"멍청한 놈! 그래서 더 나쁘다는 사실은 모르나? 너희는 오랜 기간 동안 세가에서 녹을 받아먹었다. 긴 세월 세가에서 돈을 받아 잘살아 놓고 이제 와 배신을 한 죄를 그것으로 상충해 달라고? 웃기는 소리 하지 마라."

우량의 얼굴이 새하얗게 질렸다.

그가 파악하지 못한 것.

그것은 단천호였다.

단천호는 아직 약관에도 이르지 못했다. 그렇기에 총관과는 안면을 트고 있지만 세가의 중추적인 역할을 하는 가신들과는 크게 친분을 쌓지 못한 상황이었다. 더구나 가신들이 하는 일이 얼마나 중요한가도 모르고 있을 것이다.

우량은 말이 통하지 않을 사람에게 사정하는 취미는 없었다.

"가주님! 어린애가 하는 말입니다. 뭐가 더 중요하신지는 가주께서 더 잘 알고 계시지 않습니까?"

"네 이놈!"

단무성이 자리에서 벌떡 일어났다.

우량은 화들짝 놀랐다. 단무성이 자신에게 저런 말투를 쓴 적은 결단코 없었다.

"네놈이 감히 세가의 적통을 어리다고 무시한다는 말이냐! 네놈이 단가를 얼마나 무시하는지 내 잘 알았다!"

"가주님, 그게 아니라……."

"닥쳐랏!"

단무성은 얼마나 노했는지 수염까지 부르르 떨며 소리쳤다.

그 위세에 우량도 찔끔하지 않을 수 없었다.

단무성은 노기에 찬 눈으로 우량을 한동안 노려보다가 단천호를 바라보았다.

"계속해라."

"예."

단천호는 싱긋이 웃고는 다시 입을 열었다.

"예외는 없다. 이곳에 수결을 한 자는 전원 사지 근맥을 자르고 뇌옥에 수감한다."

"허어!"

"어찌 그런!"

아직도 사태를 파악하지 못한 자들이 여기저기서 비명을 질렀다.

"그러면 단가에는 미래가 없습니다!"

우량은 절박한 목소리로 고함을 질렀다.

단천호는 싸늘한 눈으로 그들을 바라보았다.

"단가의 미래는 너희 같은 놈들로 결정되지 않는다. 묵묵히 세가를 위해 헌신하는 자들이 참다운 단가의 인재들이다. 너희같이 썩은 놈들은 단가에 어떤 도움도 줄 수 없다."

"하지만 의욕만으로는……."

"단가(團家)!"

단천호의 외침이 단가를 쩌렁쩌렁 울렸다.

그 기세에 모두의 입이 일시에 닫혔다.

단천호는 오연히 서서 모두를 내려다보았다.

"너희는 단가를 뭘로 보고 있었던 것이냐. 외적에게 당할 것 같아 손을 내민다? 너희가 없으면 무너진다? 그것이 너희가 생각하는 단가냐!"

"……."

"단가에 자부심을 가지지 못하고 단가를 낮춰 보는 인간 따위 단가에는 필요 없다. 두고 보아라. 단가는 지금

이 순간부터 천하에 비상할 것이다."

객관적으로 보았을 때 단천호의 말은 어떠한 설득력도 가지지 못했다.

그는 단가가 비상할 수 있는 어떠한 증거도 보여 주지 못했다.

그리고 그들이 아는 단가는 결코 비상할 만한 힘을 갖추지 못했다.

그러나 장내에 모인 사람 누구도 단천호의 말을 무시할 수 없었다.

그가 말하면 반드시 이루어질 것만 같았다.

단천호의 등 뒤에 흐르는 기세가 그렇게 말하고 있었다.

'이제 겨우 열다섯 먹은 아이인데.'

그런 어린아이가 어찌 저런 모습을 보일 수 있단 말인가? 타고나지 않았다면 어림도 없는 일이다.

'제왕지기.'

흔히들 제왕의 기운이라 부르는 것.

한 번도 본 적은 없지만 만약 실존한다면 단천호가 보여 주고 있는 기세가 바로 그 제왕지기일 것이다.

"단가무쌍대는 들으라!"

"추웅!"

단가무쌍대가 그 자리에서 전원 바닥에 무릎을 꿇으며

시립했다.

지금까지 가주인 단무성에게도 고개를 숙이는 것으로 예의를 보이던 단가무쌍대임을 감안하면 파격적인 의례였다.

"여기 있는 자들을 전부 끌어내 사지 근맥을 자르고 뇌옥에 가두어라!"

"명을 받듭니다!"

단가무쌍대는 기세를 끌어올리며 그들에게 다가갔다.

"멈춰라!"

그러자 앞으로 나선 것이 참마대였다. 연리연이 연가에서 데리고 온 무사들. 소속은 단가이지만 그들은 뼛속까지 연가의 무사였다.

"감히……."

단천호의 이가 아드득 갈렸다. 그가 나서서 하는 행사다. 그런데 감히 참마대 따위가 앞을 막아서도록 두는 것은 그의 자존심 문제였다.

"여기가 어디라고 네까짓 것들이 앞으로 나선단 말이냐!"

단천호의 몸에서 뿜어져 나온 기세가 폭풍처럼 참마대를 감쌌다.

"흐흑!"

"허억!"

단천호의 살기를 처음 접해 보는 참마대의 무사들이 비명을 지르며 뒤로 물러섰다.

하지만 단천호는 그쯤에서 멈출 생각이 없었다.

단천호의 오른쪽 손이 천천히 들렸다.

가슴 앞에 펼쳐진 손. 그 손에 가공할 기운이 몰려들어 뭉치기 시작했다.

주위의 사람들은 처음 보는 기사(奇事)에 놀라 멍하니 단천호를 바라보았다.

이윽고 단천호의 손에 모인 기운이 맹렬히 회전하며 새하얀 빛을 뿜어내기 시작했다.

광륜(光輪).

단천호의 독문 무공인 광륜이 그 모습을 드러냈다.

"감히 연가의 개 따위가!"

쾅아아아아!

광륜이 손안에서 회전하며 폭풍을 불러왔다.

단천호의 머리가 거꾸로 치솟고 기파에 눌린 가신들이 피를 토했다. 이대로 손을 뻗기만 해도 대참사(大慘事)가 벌어질 것이 뻔했다.

"천호야!"

그러나 단천호를 막는 사람이 있었다. 분위기가 심상치 않다는 것을 간파한 유우란이 큰소리로 단천호를 불렀다.

"흠……."

단천호는 자신이 너무 흥분했다는 것을 알고 광륜을 거뒀다. 광륜은 단천호의 손을 따라 몸 안으로 다시 흡수되었다.

"허어억!"

그에 따라 광폭하게 몰아치던 기파가 사라졌고, 가신들은 그제야 몸을 제대로 가눌 수 있었다.

하지만 참마대는 아니었다.

가신들은 무공을 모른다. 그렇기에 기파에 휩쓸릴지언정 저항하지는 않았다. 덕분에 내상은 입었지만 심한 내상은 입지 않았다.

하지만 참마대는 자신들에게 쏟아진 기파에 정면으로 저항하려 했고, 그 대가를 톡톡히 치렀다.

"우웨에엑!"

곳곳에서 피를 토하는 자들이 나타났다.

연리연은 넋이 빠진 얼굴로 그 광경을 지켜보았다.

참마대다. 그녀가 심혈을 기울여 키웠고 연가에서도 막대한 지원을 받아 키운 단체가 아닌가. 그런 참마대가 직접 싸운 것도 아니고 그저 무력시위 한 번에 이런 꼴이 되어 버리다니……. 이걸 어떻게 믿을 수 있단 말인가?

놀란 것은 그들뿐이 아니었다.

단가무쌍대는 완전 사색이 되어 버렸다.

"대…… 대주!"

"그, 그래……."

"우리랑 싸웠을 때 저걸 썼으면……."

"뼈도 못 추렸겠지."

황귀를 위시한 단가무쌍대는 등을 타고 흐르는 식은땀을 주체할 수 없었다.

단천호는 처음부터 그들을 해할 생각이 아니었다.

그것을 이제야 안 것이다.

정말 그들을 죽일 생각이었다면 그들 중 누구도 이곳에 서 있지 못했을 것이다.

단가무쌍대가 필요해서 그런 것도 아닌 듯싶었다.

저런 무위를 가진 사람이 단가무쌍대 따위가 왜 필요하 단 말인가?

단무성도 놀라기는 마찬가지였다.

아니, 이 중에서 가장 놀란 사람이 그였다.

그가 무공이 가장 높기에 단천호가 보인 광륜이 어떠한 위력인지 더 잘 알 수 있었던 것이다. 어떤 원리로 이루어 진 것인지는 몰라도 그 작은 원 안에는 태산이라도 허물 듯한 기운이 담겨 있었다.

단무성은 그제야 깨달았다. 단천호는 그가 가르칠 수 있는 사람이 아니었다. 이미 자신을 훌쩍 넘어 버린 것이다.

단무성은 기뻐해야 할지 슬퍼해야 할지 알 수 없는 기

분이었다.

아버지는 언젠가 자식이 자신을 초월해 주기를 바란다.

그러나 단천호는 이제 겨우 열다섯 살이었다. 겨우 열다섯 살짜리 아이가 아버지를 추월해 훨씬 앞으로 훌쩍 날아가 버린 것이다.

'단가의 그늘은 저 아이에게 너무나 작구나.'

단무성은 그제야 단천호가 왜 가주의 자리를 피했는지 알 수 있었다. 단천호는 이미 단가라는 틀에 가두기에는 너무 커 버린 것이다.

쾅! 쾅! 쾅! 쾅! 쾅!

그때 모두의 상념을 깨는 소리가 들려왔다.

단천호가 몸을 움직여 얼어 있는 참마대를 하나하나 날려 버린 것이다.

단천호는 마지막으로 서 있는 자까지 걷어차 전각에 박아 버린 이후에야 손을 털며 제자리로 돌아왔다.

"단가무쌍대!"

"추우우웅!"

아까보다 대답 소리가 훨씬 더 커진 것은 말하나 마나였다.

"저 잡것들을 뇌옥에 가둬라."

"명을 받듭니다!"

단가무쌍대는 우르르 몰려가 참마대를 두셋씩 옆구리에

끼고 훌쩍 날아 뇌옥으로 향했다.

"놈들은 날을 잡아 모두 참수한다. 그리고 세가를 배반한 가신들에 대한 처벌도 지금 당장 실시한다."

"기…… 기다려 주십시오, 이공자님!"

그때 단천호를 잡는 음성이 있었다.

"음?"

이상한 점은 그 목소리가 가신들에게서 나오지 않고 단천호의 등 뒤에서 나왔다는 점이다.

총관인 육만리가 잔뜩 언 얼굴로 단천호를 보고 있었다.

"무슨 일인가?"

"죄인들 중에 수결을 하지 않은 사람이 한 명 있습니다."

"누구냐?"

"소가주인 단천룡입니다."

단천호는 단천룡이 보지 못하게 슬쩍 미소를 지었다.

"단천룡은 앞으로 나서라."

단천룡은 잔뜩 굳은 얼굴로 앞으로 나섰다.

지금 그의 심정을 누가 짐작이나 할 수 있겠는가.

"단천룡, 네 죄를 인정하느냐?"

"조…… 존대를 써라! 난 네 형이다!"

"호오?"

단천호는 웃었다. 그는 단가를 떠났었지만 단천호를 이룬 피의 절반은 단가의 것이었다. 말하자면 단천룡에게도 자신의 피가 반쯤은 섞여 있다는 것이다.

그런 자가 언제까지 개새끼일 리는 없었다.

호랑이의 피를 이은 자는 언제고 호랑이의 모습을 드러내기 마련이다.

"난 지금 가주 대행으로 일을 집행하고 있다. 죄인 단천룡은 네 죄를 인정하는가?"

"인정하지 않습니다."

단천룡은 일말의 망설임도 없이 바로 대답했다.

"죄인은 죄인의 어미가 연가와 결탁하여 단가를 치려했다는 사실을 몰랐단 말인가?"

"알고 있었습니다."

"그런데도 죄를 인정하지 않는가!"

단천호의 음성이 장내를 쩌렁쩌렁 울렸다.

단천룡은 단천호의 위세에 잔뜩 위축된 것 같았지만 필사적으로 고개를 들었다.

"연리연은 제 모친입니다! 모친이 하는 일에 어찌 반기를 들 수 있습니까! 저는 연가와 단가가 하나가 되는 것은 막을 수 없지만, 그 안에서 단씨 성을 지켜 나가는 것이 제 할 일이라 생각했습니다."

"웃기는 소리다. 그렇다면 왜 애초에 가주님과 상의하

지 않았는가!"

"상의할 수 없었습니다. 가주님께서는 그 기간 동안 집을 비우셨고, 세가의 모든 것은 모친의 눈 아래 노출이 되어 있었습니다. 누가 연가의 편이고, 누가 단가의 편인지 몰랐기에 함부로 전서구 하나 날릴 수 없었습니다. 가주께서 돌아오신 후에는 이미 모든 것이 늦어 있었습니다."

단천호는 단천룡의 말을 모두 믿지는 않았다. 하지만 단천룡이 연리연과는 다르게 직접적인 관여를 하지 않았다는 것도 알고 있었다.

이 문제는 분명 쉽게 결정할 문제가 아니었다.

"가주님."

단천호는 단무성을 바라보았다.

"이 일에 대한 전권을 저에게 주십시오."

"……허락한다."

단무성은 몇 년은 늙어 버린 듯한 얼굴로 선선히 고개를 끄덕였다.

"감사합니다."

단천호는 단천룡에게로 고개를 돌렸다.

"단천룡. 너는 이 모든 일의 주모자인 연리연의 아들이기도 하지만 단가의 적통을 이은 소가주이기도 하다. 해서 너에게 한 번의 기회를 더 주겠다. 지금 이 자리에서 단가의 후예로서 연가와 연을 끊던지, 아니면 연가를 따르고 단가와 연을 끊던지. 선택하라."

사람들은 어안이 벙벙해졌다.

이게 무슨 선택인가?

이 상황에서 선택을 하라고 하면 누구라도 당연히 단가를 따르겠다고 말하지 않겠는가?

그러나 단천룡의 얼굴은 결코 쉬운 선택을 하는 자의 얼굴이 아니었다.

"한 가지 묻겠습니다."

"말하라."

"제가 여기서 단가를 선택한다면 제 모친과는 완전히 관계가 끊어지는 것입니까?"

"그렇다. 연리연은 단가의 적으로서 처벌될 것이다. 너는 그것에 대해 어떠한 권리도 행사할 수 없다."

좌중은 그제야 단천호의 말을 알아들었다.

단천호는 분명 연리연을 죽일 것이다. 가법도 그렇고 단천호의 위세 역시 동일한 결과를 향해 가고 있었다.

하지만 단천룡은 연리연의 아들이다. 단천호처럼 쉽게 연리연의 죽음을 인정할 수 있을 리가 없었다.

지금 단천호는 단천룡에게 어미의 죽음을 방관하고 단씨 성을 따르던지, 아니면 연가를 따르며 같이 죽던지, 둘 중 하나를 선택하라고 말하는 것이다.

너무나도 가혹한 일이었다.

그러나 단천호의 가혹함은 거기서 끝이 아니었다.

"총관!"

"예!"

"연리연의 죄와 처벌을 다시 고하라."

"예! 연리연은 세가의 안주인으로서 본분을 망각하고 감히 자신의 친가의 세력을 이용하여 단가를 집어삼킬 계획을 세웠습니다. 이것은 배신행위이며 가주에 대한 멸시 행위입니다. 상급자의 배신은 예외 없이 사지를 찢어 죽이게 되어 있습니다."

연리연의 표정이 굳었다. 연가에서는 이미 창천수호대가 출발했다.

하지만 그들이 도착하기까지는 시간이 많이 남아 있다. 이제 더 이상 연가는 자신의 목숨을 지켜 줄 수 없었다.

게다가 이미 모든 죄가 만천하에 드러나 버리지 않았는가.

연리연은 입술을 굳게 깨물었다.

"뭘 고민하는 것이냐!"

연리연이 앙칼진 목소리로 외쳤다.

"어…… 어머니!"

"어머니? 너 같은 멍청한 놈이 왜 내 자식이란 말이냐?"

"예?"

"쓸모없는 놈. 단무성 따위의 피가 섞인 네놈이 어찌 내 자식일 수 있다는 말이냐! 너는 내게 있어서 단가의 안주인 자리를 가져다줄 도구 그 이상도 이하도 아니었다!"

"어머니!"

"닥쳐라! 네놈 따위에게 어머니라고 불리고 싶지 않다!"

단천룡은 정신을 차릴 수 없었다. 항상 자신에게만은 다정하던 어머니가 왜 저런 말을 한다는 말인가?

"네놈과의 인연은 여기서 끝이다. 더는 네 어미가 아니다. 너는 태생부터 물러 터진 단가의 핏줄이었다. 자랑스런 연가의 핏줄이 될 자격이 없는 놈이다! 다신 나를 어머니로 부르지 말거라."

"어머니!"

단천호는 이 모든 상황을 묵묵히 지켜보았다.

단천호가 보기에 상황은 뻔했다. 연리연은 이미 자신이 살아날 수 없다는 것을 알고 있었다. 그렇기에 자식인 단천룡만은 어떻게든 살려 보려고 연기를 하고 있는 것이다.

부들부들 떨리는 연리연의 입술이 그것을 증명하고 있었다.

모정(母情).

이 삭막한 순간에도 어미는 자식을 살리기 위해 최선을 다하고 있는 것이다.

하지만 그뿐.

그렇다고 해서 단천호가 그들을 용서해 줄 생각은 전혀 없었다.

지난 삶에서 그들은 분명 자신의 어미를 죽였다.

이번 삶에서 벌어지지 않은 일이라고 해서 없었던 일이 되지는 않는 것이다.

단천룡은 눈물을 훔쳐내더니 무릎을 꿇었다.

그리고 단무성을 향해 절을 했다.

"아버님! 소자, 지금 이 순간부터 단씨 성을 버리겠습니다!"

"뭣이!"

단무성이 자리에서 벌떡 일어났다.

단천호도 뜨끔한 얼굴로 단천룡을 바라보았다.

그가 원한 것은 이것이 아니었다.

그럴 거면 뭐하러 세맥까지 개통해 주었다는 말인가.

"여기 있는 분은 분명 단가의 죄인이지만 제게는 어머니입니다. 어떤 자식이 어머니를 버릴 수 있다는 말입니까. 아버지께는 둘째 어머니도 계시고 천호도 있지만, 어머니께는 저 하나뿐입니다. 아버님, 저는 차라리 어머니와 함께 죽겠습니다."

"이놈아!"

단무성은 답답하다는 듯이 가슴을 쳤다.

"지금 뭐라 말하고 있는 것이냐! 네가 미쳤느냐!"

답답하기는 연리연 역시 마찬가지였다. 하지만 연리연의 눈에서는 쉴 새 없이 눈물이 흘러내렸다.

과욕을 부렸다. 쓸데없는 욕심을 부려 아들까지 죽게 생겼다.

후회는 왜 이리도 항상 늦게 찾아온다는 말인가!

단무성은 털썩 자리에 앉았다. 그의 모습은 무척이나 지쳐 보였다.

단천호는 딱딱하게 굳은 얼굴로 연리연과 단천룡을 바라보았다. 그는 이미 기회를 주었다. 이것은 단천룡이 선택한 길이다.

"총관!"

"예!"

"연리연과 단천룡의 사지를 찢어 죽여라."

"이…… 이공자님!"

"단가무쌍대!"

"충!"

"실시하라."

"명을 받듭니다."

어느새 뇌옥에 참마대를 투옥하고 돌아온 단가무쌍대가 연리연과 단천룡을 향해 다가갔다.

"멈춰라!"

그들을 멈춘 것은 다름 아닌 단무성이었다.

단무성은 붉게 물든 눈으로 단천호를 바라보았다.

"천호야."

"말씀하십시오."

"아무리 그래도 이건 좀 심하지 않느냐. 다른 방법은
없겠느냐?"

단천호는 한숨을 푹 내쉬었다.

단무성의 약한 마음은 예전부터 알고 있었지만 이건 정
도가 심했다.

"가주님. 모든 일은 법도가 있고 그 법도에 따라야 하
는 것입니다. 이 처벌은 제가 정한 것이 아니라 오래전부
터 단가에 내려오는 가법에 따른 것입니다. 법도란 것은
한 번 어겨지기 시작하면 모두가 쉽게 보기 마련입니다.
눈앞의 백 년이 아니라 천 년을 이어 갈 단가를 만들기 위
해서는 어쩔 수 없는 일입니다."

"그…… 그래도."

"가주님! 제가 이 사실을 조금만 늦게 알았다면 여기에
포박되어 있는 것은 다름 아닌 가주님과 제가 되었을 겁
니다. 저들이 그때도 자비를 베풀어 줬을 거라고 믿으시는
겁니까?"

"……."

단무성은 아무 말도 하지 못했다.

단천호의 말이 모두 옳았다. 하지만 어떻게 수십 년을

같이 살을 맞대고 산 부인과 눈에 넣어도 아프지 않을 자식이 사지가 찢겨 죽는 꼴을 볼 수 있다는 말인가?

"천호야. 아무리 그래도 이건 아닌 것 같구나. 다시 한 번 생각해 보자구나."

쿵!

단천호의 발이 땅을 굴렀다.

강렬한 진각!

전각이 통째로 흔들릴 정도로 강한 일격이었다.

"좋습니다!"

단천호는 두 눈을 부릅뜨고 단무성을 노려보았다.

"어차피 이렇게 법도가 쉽게 여겨질 세가라면 더 이상의 미래는 존재하지 않습니다. 두 사람을 풀어 주겠습니다. 대신! 제가 단가를 떠나겠습니다! 세가가 무너지는 꼴을 제 눈으로 지켜볼 수는 없으니까요!"

"천호야!"

"결정하십시오, 가주님! 저입니까, 이 둘입니까!"

선택할 수 있는 것이 아니었다.

하지만 선택해야 했다. 그리고 꼭 선택해야 한다면 이미 답은 나와 있었다.

"……네 뜻대로 하거라."

단무성은 단천호에게 항복을 선언했다.

그리고 그것은 곧 연리연 모자에게는 죽음의 선언이었

다.

"단가무쌍대!"

"충!"

단천호의 눈이 연리연과 단천룡을 바라보았다.

그들은 이미 체념한 듯이 서로를 부둥켜안고 있었다.

"시작해……."

"잠깐!"

그때 다시 한 번 단천호의 말을 누군가 가로막았다.

단천호는 감히 짜증을 낼 수 없었다. 그 목소리의 주인이 누군지 알았기 때문이다.

유우란.

지금까지 잠자코 상황을 지켜보던 유우란이 드디어 입을 열었다.

단천호는 찔끔했다.

그의 모친은 결코 기가 세지 못하다. 그리고 정이 많다.

그러니 분명…….

"모든 일에는 예외라는 것이 있는 법 아니냐. 너는 다시 한 번 생각해 보거라."

이럴 것이었다.

단천호는 모친이 보지 않게 고개를 돌려 인상을 확 찡그렸다.

그리고는 언제 그랬냐는 듯이 밝은 얼굴로 모친을 바라

보았다.

"어머니. 법도란 것은 예외가 있어서는 안 됩니다."

"정말이냐?"

"당연합니다. 법도란 것이 예외가 있다면 뭐하러 법도를 만들겠습니까."

"그렇구나."

유우란은 입가에 미소를 지었다.

'흡?'

단천호는 뜨끔하여 유우란을 바라보았다. 어머니가 저런 표정을 지을 때는 항상 등짝에 손바닥이 날아왔다. 지금이야 공적인 자리이니 손바닥을 날리지는 않겠지만 분명 더한 것이 날아올 것이다.

"총관."

유우란이 육만리를 불렀다.

육만리는 어리둥절해 하다가 얼른 대답했다.

"예. 하명하십시오."

"세가의 자금을 함부로 사용한 자는 어떤 처벌을 내리는가?"

"예?"

"대답하게."

"그…… 그게……."

육만리는 기억을 더듬어 가법의 조항을 찾아내었다.

"아! 세가의 돈에 손을 댄 자는 태형 삼십 대를 내리게 되어 있습니다."

"그것이 세가의 윗사람일 경우는 어떠한가?"

"소가주 이상의 사람은 모범을 보여야 하기에 태형 오십 대 이상을 모든 세가의 식구들이 지켜보는 가운데 맞게 되어 있습니다."

"그렇군."

단천호는 회심의 미소를 지었다.

다행히 단천호는 지금까지 한 번도 세가의 돈을 사사로이 융통한 적이 없었다.

혹시 지금처럼 가파르게 일이 진행되지 않았다면 돈을 좀 빼돌려 유곽에도 갔을 테지만 다행히 이번에는 그런 일을 하지 않았다.

그러니 떳떳한 것이다.

'제가 이겼습니다. 어머니!'

이번만은 그의 어미도 단천호를 막지 못할 것이다.

유우란의 입이 천천히 열렸다.

"그럼 일의 선후를 따졌을 때, 내가 먼저 처벌을 받아야겠군."

"엥?"

단천호의 입이 쩍 벌어졌다.

지금 유우란은 무슨 말을 하고 있는 것인가?

"가주께서 계시지 않을 때, 나는 사사로이 세가의 자금을 융통하여 노리개를 산 적이 있다. 그러니 내가 먼저 벌을 받아야 하지 않겠느냐? 마침 여기에 세가의 식구들이 다 모여 있구나."

"어…… 어머니!"

"뭐가 잘못됐느냐?"

"겨우 노리개 정도로……."

유우란은 다시 육만리를 불렀다.

"총관. 가법에 가벼운 금액은 넘어간다는 조항이 있는가?"

"그런 조항은 없습니다."

"그럼 나는 당연히 벌을 받아야겠군."

유우란은 자리에서 일어났다.

"누가 내게 태형을 내리겠느냐?"

아무도 나설 수 없었다.

세가의 안주인 자리를 떠나서 유우란은 단천호의 모친이었다.

바로 전에 단천호의 신위를 온몸으로 실감한 그들이 간이 배 밖으로 나오지 않은 이상 어떻게 유우란에게 태형을 내릴 수 있단 말인가!

유우란의 고개가 천천히 단천호를 향했다.

단천호는 고개를 돌려 먼 산을 바라보았다.

"천호. 네가 하도록 해라."

"어머니!"

"너는 지금 가주 대행이다. 가주 대행이 죄인에게 죄를 내리는 데 어찌 주저함이 있다는 말이냐!"

단천호는 멍해질 수밖에 없었다.

아무리 그래도 그는 유우란의 자식이었다.

다시 삶을 시작했을 때 그가 진정으로 기뻐했었던 것은 살았다는 것도 아니고 복수를 할 수 있다는 것도 아니었다. 오직 어머니를 다시 볼 수 있다는 사실 때문에 기뻐했었다.

그런데 그가 어떻게 어머니의 몸에 손을 댈 수 있다는 말인가.

"총관."

"예."

"태형은 어떤 식으로 치르게 되어 있느냐?"

"그…… 그것이!"

"말하라!"

평소에 얌전한 유우란이었지만 지금은 서릿발 같은 기세로 육만리를 다그치고 있었다.

그녀는 분명 단천호의 어머니였다.

"아…… 아뢰옵기 송구하오나, 죄인은 바닥에 엎드린 채로……."

"엎드린 채로?"

"바…… 바지를 내리고……."

화아아악!

단천호의 살기가 육만리에게 폭사되었다.

"히이익!"

육만리는 기겁을 하여 뒤로 넘어졌다.

하지만 유우란은 그런 육만리에게 눈길조차 주지 않았다.

"으음……. 가법이 지엄하니, 내 다른 방법을 강구할 수 없구나."

유우란은 뚜벅뚜벅 앞으로 걸어 나오더니 치맛단을 잡았다.

"어머니!"

"너는 지금 가주 대행이다. 가법을 시행하는 데 한 치의 사사로운 감정도 개입해서는 안 될 것이다."

유우란의 치마끈이 풀러졌다.

"히익!"

단천호의 모습이 픽 꺼지더니 유우란 앞에 나타났다.

덥석!

단천호는 유우란의 치마를 잡았다.

"왜 이러느냐!"

"어머니! 정말 왜 이러십니까!"

"어허! 가법에 따라 처벌을 받겠다는데 왜 이러느냐! 한 치의 예외도 없어야 한다고 말 한 것이 바로 너 아니냐!"

"어머니!"

"이 손 놓거라!"

"아, 정말 진짜! 아놔!"

"어서 이 손 놓지 못할까!"

단천호는 항복 선언을 할 수밖에 없었다. 세상의 어느 자식이 자신의 모친이 사람들 앞에서 엉덩이를 까고 매를 맞는 모습을 본다는 말인가.

'대체 어느 망할 자식이 이런 가법을 만든 거야!'

물론 가법을 만든 사람은 단천호의 조상이었지만 지금 단천호는 그런 것을 헤아릴 여력이 없었다.

"제가 졌습니다, 어머니. 예외? 있습니다! 아니 세상에 예외 없는 일이 대체 어디에 있단 말입니까? 안 그러냐?"

단천호는 단가무쌍대를 돌아보며 말했다.

"맞습니다!"

"아! 예외가 없는 곳이 어디 있습니까!"

"에이! 세상에 예외란 게 없으면 얼마나 삭막하겠습니까!"

"당연한 일입니다."

단가무쌍대는 자신이 무슨 말을 하는지도 모르고 연신 맞장구를 쳤다.

"그래?"

"예! 어머니! 그러니까 제발 이 치마끈부터 다시 묶으시고……."

"네가 정 그렇게 이야기한다면야."

유우란은 상큼하게 웃으며 치마끈을 묶었다.

단천호는 한숨을 푹 내쉬었다.

졌다.

완벽하게 졌다.

단천호가 지금까지 살아온 삶이 결코 유우란의 그것에 못지않을 텐데도 완벽하게 져 버렸다.

하지만 기분이 나쁘지는 않았다.

오히려 통쾌한 기분마저 들었다.

그를 이렇게까지 골탕 먹인 사람이 또 누가 있었겠는가.

'대단하십니다, 어머니.'

단천호는 고개를 설레설레 저으며 유우란을 다시 자리에 앉혔다.

그리고는 어깨를 축 늘어뜨리고 다시 연리연과 단천룡을 바라보았다.

둘은 급변한 사태에 어리둥절한 눈으로 단천호를 보고 있었다.

"에휴!"

단천호는 길게 한숨을 내쉬고는 허리를 펴고 입을 열었다.

"판결을 내린다."

모두가 긴장하고 단천호를 주시했다.

"가주의 처 연리연은 세가를 배신한 죄가 인정되나 소가주를 낳고 그동안 세가의 안정에 이바지한 점을 참작하여 태형 오십 대로 그 죄를 감한다. 그리고 소가주 단천룡은 세가의 위기를 알고도 묵과한 죄가 인정되나 천륜이 얽힌 일이었으므로 소가주의 위를 박탈하고 당분간 처소에 연금한다. 소가주의 죄는 추후에 따로 물을 것이다. 이상!"

"감사합니다!"

단천룡이 그 자리에서 대례를 올렸다.

"이…… 이공자님. 저희는 어떻게 되는 것입니까?"

세가를 배신했던 가신들이 창백하게 질린 얼굴로 단천룡을 바라보았다.

"너희는 모두 사지 근맥을 자르고 투옥된다."

"이공자님!"

단천호가 비릿한 웃음을 지었다.

"그렇게 줄을 잘 댔어야지. 너희 눈에는 나와 단가가 썩은 동아줄로 보였던 모양이지?"

"제…… 제발 한 번만 더 기회를!"

"단가무쌍대!"

"충!"

"어머니가 보고 계시다. 처벌은 뇌옥에서 직접 하도록!"

"명을 받듭니다!"

"이공자님! 이공자님! 으아! 가주님! 제발! 제바아알!"

가신들을 줄줄이 끌려 나갔다.

단천호는 그 모습을 무심한 눈으로 지켜보았다.

세가를 배신한 자들이 어떤 꼴을 당하는지 이제 확실하게 알았을 것이다.

"천호야."

"어머니. 이것도 제가 최대한 양보한 것입니다. 더는 물러설 수 없습니다."

단천호는 그의 모친을 바라보았다.

너무 정이 많은 사람이다. 굶어 죽어 가던 비렁뱅이들을 모아 유호대를 창설한 것만 봐도 알 수 있지 않은가?

무림의 세계에서 살기에 그의 모친은 너무도 여렸다.

"무슨 소리냐?"

"예?"

유우란은 코웃음을 치며 말했다.

"세가를 배신한 것들이 어찌 되건 내 알 바가 아니다."

"엥?"

"그보다 연리연의 태형은 누가 집행하느냐?"

"그건 아직……."

"가주의 처다. 모두가 보는 앞에서 할 수는 없는 노릇 아니냐. 더구나 아무리 죄인이라고 하나 가주의 처를 때릴 사람이 여기 누가 있겠느냐."

단천호는 고개를 끄덕였다. 그건 권위의 문제였다.

"그래서 말인데……. 내가 그 태형을 집행하겠다."

"어머니!"

"무슨 문제라도 있느냐?"

"어머니. 연리연은 세가에 대죄를 범한 중죄인입니다. 사사로운 정으로 그 벌을 가볍게……."

"천호야."

"예?"

유우란의 얼굴에 단천호가 한 번도 보지 못한 미소가 떠올랐다.

단천호는 모르겠지만 그 미소는 평소 단천호가 짓는 미소와 무척이나 흡사했다.

"넌 네 형에게 괴롭힘당한 것이 몇 년이나 되었느냐?"

"그게……."

"대충 철이 든 이후이니 오 년쯤 되었느냐?"

"아마도 그럴 겁니다."

"난 이십 년 동안 연리연에게 괴롭힘을 당했다."

아드득!

유우란이 나직이 이를 갈았다.

단천호는 멍한 얼굴로 고개를 돌렸다.

거기에는 사색이 된 연리연이 있었다.

연가의 수난은 아직 끝나지 않았다.

"허허허허허허허허허."

11장 — 일상을 즐기다

단천호는 다시 늘어졌다.

큰일이 있었지만 이제는 다 잘 해결이 되었다.

단가의 전원은 결코 있었던 일을 입 밖으로 내지 말라는 명을 받았고, 단천호의 살기 섞인 음성을 들은 그들은 결코 어제 있었던 일을 누설하지 못할 것이다.

큰일은 일단락되었다.

이제 남은 것은 아주 사소한 일이었다.

물론 남들은 그렇게 생각하지 않았지만 단천호가 생각하기에 정말 사소한 일만 남았다.

창천수호대.

이제 그들만 돌려보내면 끝나는 일이다.

창천수호대는 아직 그 위치가 파악되지 않았기에 지금 당장 움직일 수는 없었다.

아마 오늘 내일 중으로 개방에서 연락이 올 듯싶었다.

그러니 지금 단천호는 할 일이 없었다.

단가는 지금 눈코 뜰 새 없이 바빴지만 단천호는 혼자 유일하게 할 일이 없었다.

서른 명에 달하는 가신들이 모두 뇌옥에 갇히면서 행정에 엄청난 공백이 생겼다. 덕분에 유우란까지 서류에 파묻혀 정신없이 일을 보고 있는 중이었다.

하지만 단천호는 거대한 무기가 있었다.

바로 열다섯이라는 나이.

서류를 들이미는 아버지의 눈을 마주 보며 단천호는 천진난만하게 웃었다.

"이게 뭐예요?"

"사업체 서류다. 이걸 보고 결정을 내려서……."

"그냥 도장만 찍으면 되는 거죠?"

"아니 그러니까……."

"엇! 아버지. 여기 유곽이란 게 있는데 이게 뭐하는?"

"됐다! 너, 나가라!"

단무성은 아직까지 단천호의 상대가 못 됐다. 뱃속에 품은 구렁이의 수가 다른 것이다.

"심심하군."

하지만 나름 문제가 있었으니 그건 심심하다는 것이었다.

단가무쌍대는 지금 무장을 해제당하고 내공을 봉한 채 단가의 잡일을 보고 있었다.

그러니 단가무쌍대의 정신 상태를 고쳐 주는 것도 지금 당장은 할 수 없었다.

그러니 만만한 건.

"유호대는 뭘 하고 있으려나?"

단천호는 훌쩍 뛰어 연무장을 향해 경공을 펼쳤다.

휘익!

눈앞의 경관이 순식간에 압축되며 연무장이 모습을 드러냈다.

"흠!"

유호대는 이 난리 통에도 수련에 매진하고 있었다. 다른 일을 맡을 만도 하건만 오로지 수련만 한다.

'머리에 든 게 없으니 시킬 수가 없었겠지.'

단천호는 냉정했다.

"어엇! 추우우웅!"

단천호의 모습을 본 유호대원이 크게 구호를 붙였다.

"그래."

단천호는 고개를 끄덕하고는 유호대에게 다가갔다.

유호대의 모습은 처참하기 그지없었다.

분명 여기는 단가 내부의 연무장인데도 유호대는 금방이라도 전쟁을 마친 병상의 꼬락서니가 되어 있었다.

옷 곳곳에 검게 말라붙은 혈흔. 그리고 여기저기 검붉은 멍 자국이 그들이 얼마나 열심히 수련을 했는가를 보여 주고 있었다.

"집합해라."

단천호의 말이 끝나기가 무섭게 유호대는 전원 정렬을 마쳤다. 그런 그들의 눈이 이글이글 불타고 있었다.

"분하냐?"

"......"

아무도 대답하지 않았다.

이 선문답 같은 말에는 많은 뜻이 함축되어 있었다.

세가에 큰 난리가 났다. 하지만 유호대는 아무것도 할 수 없었다. 자칫 세가가 없어질 뻔했던 위험한 상황에서 그들은 전력 취급조차 받지 못한 것이다.

단천호의 말은 바로 그것을 가리키고 있었다.

"분합니다."

유초가 떨리는 음성으로 입을 열었다.

"그게 너희의 현주소다."

단천호의 말은 여전히 냉정하기 그지없었다.

"하지만 앞으로도 계속 그래서는 곤란하지."

"물론입니다!"

유호대의 대답은 연무장을 쩌렁쩌렁 울릴 만큼 컸다.

단천호는 고개를 끄덕였다.

독기는 충분히 찼다. 지금의 유호대는 당장이라도 단천호를 잡아먹을 기세를 보이고 있었다. 훈련의 효과가 있었다는 말이다.

그동안 단천호가 신경을 쓰지 않았음에도 결코 훈련을 게을리하지 않았는지 연무장 구석의 약재가 거의 바닥을 드러내고 있었다.

이제는 슬슬 이들의 무위를 끌어올려야 할 시점이었다.

"오늘부터 무공을 전수한다."

"충!"

"지금부터 내가 불러 주는 구결을…… 아니다. 니들이 그걸 한 번 듣고 기억할 리가 없지. 유초는 오늘 훈련이 끝나면 내 방으로 오도록. 구결을 적어 주겠다."

"충!"

단천호는 한숨을 푹 내쉬었다. 예전에는 그의 무공 한 자락이라도 배우려던 사람이 수도 없었다. 단천호가 귀찮음에 내던져 준 한마디에 눈물을 흘려 가며 감사하던 사람도 많았다.

그런데 이제는 이런 놈들에게 구결을 적어 주는 친절까

지 베풀어야 한다니…….

광천마 단천호.

이제 한물간 것이나 다름없었다.

"내가 어쩌다 이런 것들이랑…….."

"……예?"

"아니다. 잘 들어라! 너희가 나에게 배울 무공은 두 가지다! 하나는 내공심법이고 하나는 도법이다. 너희는 이미 새로운 내공을 익히기에는 늦었다. 그래서 너희가 원래 익히고 있던 유가의 태극삼재공(太極三才功)을 개량한다. 그리고 도법은 처음부터 새로 배운다. 질문!"

유초가 손을 들었다.

"해 봐라."

"아뢰옵기 황송하오나 새로운 내공은 충돌을 일으키지 않습니까?"

"멍청한 놈. 그러니 개량을 한다고 했지 않느냐! 태극삼재공을 적당히 손봐서 흐름에 무리가 없게 더 나은 내공으로 바꿔 준다니까!"

"그…… 그게 가능합니까?"

"그럼 내가 지금 니들 데리고 장난하는 걸로 보이냐?"

그렇다고 이야기했다가는 황천으로 갈 것을 아는 유초였다.

유초는 궁금한 게 많았지만 꾹 눌러 참았다. 예로부터

호기심은 만악의 근원이라 그러지 않았던가.

"질문 있습니다."

"말해."

"저희는 원래 검을 배웠는데 이번에는 도법을 배우는 겁니까?"

"불만 있나?"

"그건 아니지만……."

"너희는 이미 나이가 들었기 때문에 검의 복잡한 조화를 처음부터 다시 시작하기에는 이미 늦었다. 기초가 너무 튼실하지 못했기 때문이지. 하지만 도법이라면 가능하다."

"잘 이해가 가지 않습니다."

"도법은 검법에 비해 변화가 적고 단순하다. 그렇기에 이해력이 떨어져도 더 쉽게 배울 수 있지."

"그럼 검법에 비해 수준이 낮은 거 아닙니까?"

단천호의 눈이 말을 한 자를 노려보았다.

말을 한 자는 찔끔해서 바로 고개를 내리깔았다.

"병기에 수준 차이란 존재하지 않는다. 도법은 검법에 비해 쉽게 배울 수 있지만 대신 검법보다 더 어려운 점도 있다. 그것이 바로 반복이다."

"반복……."

"도법은 검법에 비해 초식 수도 적고 변화도 적다. 당연히 한 번의 도법을 연무하는 데 걸리는 시간이 짧다. 검법을 익히는 자가 한 번을 펼칠 때, 도법을 익히는 자는 수십 번의 연무를 할 수 있다. 이게 무슨 뜻인지 아는 사람?"

"……"

"니들이 알 리가 없지. 지겹다는 말이다. 똑같은 것만 하루에 수십 번 하는 것도 짜증 나는데 그걸 수 년 수십 년 동안 한다고 생각해 봐라."

"끔찍합니다."

"그래, 끔찍하지. 그게 도법이다. 명심해라. 도법에는 기교도 필요 없고 요령도 그리 중요하지 않다. 도법을 대성하는 데 필요한 것은 단 하나다! 노력! 오로지 꾸준한 노력만이 도법을 대성하게 만들어 준다. 알겠나!"

"예!"

그때, 유운호가 손을 들었다.

"또 뭐!"

"그런데 내공을 개량하는 것처럼 도법을 배우는 것보다 검법을 개량하는 것이 성취가 더 빠르지 않겠습니까?"

"……워낙에 질이 떨어지는 무공이라 원래는 내공도 다 전폐시키고 새 걸 시작하게 하고 싶었는데 내가 참았다면 대답이 되냐?"

"……예."

단천호는 혀를 찼다.

"여하튼 궁금한 건 나중에 다 풀릴 테니 일단 무공을 배운다."

"알겠습니다!"

"구결을 모르는 이상 내공은 어려울 테고 일단 검술부터 보여 주마. 유초, 검 가지고 와라."

유초는 허리춤의 검을 풀어서 단천호에게 내밀었다.

단천호는 검을 받아들고 두어 번 흔들더니 허리춤에 검을 찼다.

"너희가 배울 도법은 광섬도(光閃刀)라는 도법이다. 광섬도는 단 삼 초로 이루어진 도법이다. 도법 중에서도 가장 단순한 축에 드는 도법이지. 지금 도가 없으니 일단 검으로 시연한다."

단천호의 손에서 검이 뽑혔다.

화아악!

뭔가 눈부신 빛이 번쩍한다는 느낌이 들자마자 검이 다시 검집으로 모습을 감췄다.

누구도 단천호의 검을 제대로 보지 못했다.

"이것이 광섬도의 일초 광(光)이다."

화아악!

다시 한 번 똑같은 형상이 일어났다.

"이것이 이초 섬(閃)."

화아악!

이번에는 빛이 조금 더 밝아진 것 같았다.

"이것이 삼초 광섬(光閃)이다."

유호대는 모두 얼이 빠진 얼굴이 되어 버렸다.

시연이라고 하더니 뭐가 세 번 번쩍 하고는 끝나 버렸다. 여기서 뭘 보라는 말인가.

단천호는 그럴 줄 알았다는 듯 혀를 찼다.

"니들이 볼 수 있을 리가 없지."

이제는 무시받아도 기분이 나쁘지도 않은 유호대였다.

"자, 이번엔 천천히 펼쳐 줄 테니 잘 봐라."

단천호의 검이 허공을 가르고는 다시 검집으로 들어갔다.

그러기를 세 번.

유호대는 더 멍청한 얼굴이 되었다. 허공에 똑같은 칼질을 세 번 하더니 삼 초를 다 펼쳤단다. 놀리는 것은 아닐 테니 분명 뭔가 차이가 있을 텐데 도통 알 수가 없었다.

"에효, 내가 어쩌다가……."

단천호는 유호대의 기색을 읽고는 한숨을 내쉬었다. 이건 완전히 아이에게 걸음마를 가르치는 심정이었다.

"유운호, 앞으로 나온다."

"충!"

유운호가 앞으로 나와 단천호와 마주 섰다.

"자, 지금부터 내 검을 막아 봐라."

"예!"

단천호의 검이 뽑혔다.

"엇!"

유운호가 어떻게 하기도 전에 그 검은 이미 유운호의 목에 닿아 있었다.

"어떻게……."

유운호는 당황했다. 분명 자신은 검을 들어 상체를 방어하고 있었다. 그런데 검끼리 부딪히지도 않고 어떻게 자신의 목까지 검이 와 있단 말인가?

"천천히 보여 주마."

단천호가 검을 뽑아 천천히 휘둘렀다.

유운호는 단천호의 의중을 눈치채고는 움직이지 않고 그대로 서 있었다.

단천호의 검이 길게 호선을 그리며 유운호의 검끝을 아슬아슬하게 스쳐 지나 유운호의 목에 가서 섰다.

"이것이 광(光)이다."

"……."

"쾌도술이라고 해서 직선으로 검을 움직인다고 생각하면 오산이다. 쾌란 빠르다는 의미다. 하지만 무(武)에서의 쾌란 적에게 닿을 수 있는 빠름을 의미한다. 이미 막혀 있는 곳으로 빠르게 검을 휘두를 필요가 있나?"

"없습니다!"

"그렇다. 광섬도의 일초 광은 적이 방어하지 못하는 범위에서 적의 급소까지 그릴 수 있는 최단 거리의 호선으로 빠르게 검을 휘두르는 방법이다."

유호대는 고개를 끄덕였다. 뭔가 이해가 될 것도 같았다.

"그리고 이게 섬이다."

단천호의 검이 다시 천천히 움직였다.

유운호의 검을 향해 날아가던 단천호의 검이 유운호의 검을 타고 스르르 올라가더니 검끝을 타고 다시 흘러내려와 유운호의 목에 가 섰다.

"이해가 가나?"

"잘……."

"삼류 이상의 대결에서는 반드시 검에 기운이 담기기 마련이다. 검경(劍勁) 이상의 무리를 바탕으로 대결이 벌어졌을 때 상대의 검에는 반드시 기운이 흐른다. 그 기운을 역이용하면 상대의 기운을 타고 검을 흘려 낼 수 있다. 섬은 그런 이치로 이루어진 무공이다."

단천호의 말은 깊은 무리를 담고 있었다. 내공이 일반화 되면서 검에는 반드시라고 해도 좋을 만큼 내공이 담기게 된다. 그 내공은 검 안에 갈무리되지만 일정 부분은 반드시 검 밖으로 흘러나오게 되어 있다. 그것이 검기이며 검강이다.

그리고 검기를 뿜지 못한다고 해도 미약한 경력이 뿜어져 나오기 마련이다.

섬은 그런 경력이 밀어내는 힘을 이용하여 상대가 검을 들어 막을 때 오히려 상대의 기운을 타고 흐르듯 상대의 검을 비껴가는 방법이었다.

"이해를 쉽게 해라. 첫 번째 광은 힘이다. 좀 더 빠르게, 더 강하게 정해진 방향으로 검을 휘두른다. 그리고 두 번째 섬은 힘을 일체 배제하는 것이다. 강하게 휘두른다면 반드시 상대의 경력과 내 경력이 충돌한다. 힘을 뺐을 때만이 상대의 경력을 이용할 수 있다. 그리고 세 번째 광섬은……."

팟!

단천호의 검이 어느새 유운호의 목에 닿아 있었다.

"간단하다. 빠른 거지."

챙!

모두가 상황을 파악하지 못하고 있을 때 유운호의 검이 반듯이 잘려 바닥으로 떨어졌다.

단천호는 앞을 막고 있는 검을 베어 버리고 유운호의 목에 검을 가져다 댄 것이다.

"극한의 빠름은 극한의 강함과 일맥상통한다. 너희가 진정으로 빠르게 검을 휘두를 수 있게 된다면 눈앞에 막힌 장애물은 어떤 장애도 되지 못한다. 그것이 광섬이다."

유호대는 모두 침묵했다. 무공을 배울 수 있다고는 생각했지만 이런 무공을 배울 거라고는 생각도 하지 못했다.

지금까지 그들이 배웠던 무공은 모두가 일정한 형식을 갖추고 초식을 배우는 무공이었다.

그런데 단 세 번의 칼질로 이루어진 무공이 있다는 것도 놀라운데 그것을 배워야 한다니……. 엄두가 나지 않았다.

단천호는 검을 갈무리해 유초에게 내밀었다.

"두렵나?"

"……."

"두렵나!"

"아닙니다!"

"그래, 걱정할 것 없다. 처음에는 다 어려워 보이는 법이지. 그러나 모든 무공을 내 손에 익게 익히는 법은 아주 간단하다."

단천호의 입가에 사악한 미소가 피어올랐다.

"죽을 각오로 하고 또 하는 거지!"

유호대의 얼굴이 흑색으로 물들었다.

"걱정하지 마라. 내가 딱 안 죽을 만큼만 굴려 줄 테니까. 차라리 죽고 싶다는 생각이 들게 해 주면 될 거 아냐?"

유호대는 전원이 눈을 감았다. 그들의 머릿속에 떠오르는 것은 하나였다.

'어머니!'

얼굴도 모르는 어머니가 갑자기 마구마구 보고 싶어졌다.

"오늘은 시범만 보는 걸로 한다. 유초는 내일까지 오십 근짜리 철봉을 사람 수만큼 준비한다."

"오…… 오십 근!"

"그리고 백 근짜리도."

"배! 백 근!"

"왜? 적어?"

"아닙니다!"

단천호는 여전히 빙글빙글 웃고 있었다.

"걱정하지 마. 단순 반복이니까."

유초는 이제 알고 있었다. 현란한 연무와 칼날 같은 대련보다 무서운 것이 단순 반복이라는 사실을.

"그럼 일단 오늘은 그동안의 대련을 마무리하는 마지막 대련이다."

"마지막?"

"마지막이니 화끈하게 해야겠지?"

단천호의 등 뒤로 음울한 환영이 보였다.

"진 놈은 나랑 일대일 대련이다."

"으아아아아아아아!"

단천호가 시작이란 말을 하기도 전에 유호대는 서로를 향해 목검을 뽑았다.

"죽여 버리겠다!"

"비켜! 개자식아! 난 오늘 살아남을 거다!"

"지면 지옥이야! 지옥이라고!"

"이 자식이 비겁하게 물다니!"

그렇게 연무장에는 아비규환이 펼쳐졌다.

단천호는 그 광경을 바라보며 즐거운 웃음을 지었다.

"언제 봐도 훈훈하다니까."

"돌아가요. 아버지!"

모용가려의 말에도 모용장천은 마땅히 해 줄 말이 없었다. 아니, 뭐라고 말을 해야 할지도 몰랐다.

어제 갑자기 찾아온 단가의 정천대(正天隊). 그들은 모용장천과 모용가려를 전각 안으로 연금했다.

하지만 불과 두 시진 만에 연금은 해지되었고 단무성은 그에게 직접 찾아와 미안하다고 말했다.

대충 사정을 들어 보니 그럴 만한 일이라서 모용장천은 고개를 끄덕이고 말았다.

그리고 친우를 위로한 것까지는 좋았는데…….

어쩌다가 이 많은 서류 더미에 파묻히게 된 건가?

"허허! 고맙네 이 친구야!"

"고맙기는. 친구 좋다는 게 뭔가!"

모용장천의 머릿속에 어제 나누었던 대화가 떠올랐다.

그런 상황에서 누구라도 할 만한 말. '혹시 내가 도울 일은 없나?' 라는 말 한마디가 모용장천을 지옥으로 몰았다. 단무성은 회심의 미소를 날리며 산더미만 한 서류를 직접 들고날라 모용장천의 앞에 가져다 두었다.

이게…… 반이라니…….

앞으로 이만큼이 더 남아 있다는 말이다.

모용장천은 울고 싶었다.

그런 모용장천을 더 울고 싶게 만드는 것이 모용가려였다.

얼마 전에는 절대 이곳을 떠나지 않겠다고 난리를 치더니 어제 갑자기 집으로 가자고 또 난리다. 아무리 여자의 마음을 갈대이고, 어린 나이라지만 이건 좀 심하지 않은가?

"가려야. 며칠 전만 하더라도 한동안 머물자고 하지 않았느냐?"

"그건 며칠 전이구요."

"하아……."

"예? 가요. 아버지."

"가려야. 지금은 몸을 빼기가 힘들구나. 적어도 앞으로 사흘은 더 머물러야 어떻게 몸을 빼 볼 수가 있단다."

"……예."

그나마 모용가려는 아비에 대한 예의란 것을 완전히 말아먹지는 않았는지 선선히 고개를 끄덕였다.

하지만 저 축 늘어진 어깨와 음울한 표정은 어떻게 할 수 없는 모양이었다.

"그러지 말고 바깥바람이라도 좀 쐬고 오는 것이 어떻겠느냐? 넌 어제부터 방 밖으로 한 발자국도 안 나갔지 않느냐?"

"……별로 나가고 싶지 않아요."

"무슨 일이 있었는지는 모르지만 이럴 때일수록 방구석에 박혀 있으면 안 된단다."

모용가려는 잠시 고민하는 표정이더니 고개를 끄덕였다.

"알겠어요, 아버지."

"그래, 어여 나가 보거라."

"그럼, 고생하세요."

모용가려는 문을 열고 밖으로 나갔다.

그런 그녀의 모습을 지켜보던 모용장천은 한 가지 사실을 깨달을 수 있었다.

그녀가 나가 버리면 방에는 그 혼자 남게 된다. 남아 있는 것은 그와 그가 결재해야 할 산더미 같은 서류 뭉치다. 그나마 일에 파묻히지 않게 해 주던 유일한 말벗이 사라져 버린 것이다.

쿠르릉!

어디선가 먹구름이 몰려왔다.

모용장천은 음영이 드리운 얼굴로 서류 더미에 얼굴을 묻었다.

"단무성! 네 이놈!"

단무성도 슬슬 단천호를 닮아 가고 있었다.

밖으로 나온 모용가려는 연무장으로 향했다.

단가에서 그녀가 가는 곳은 연무장과 처소 두 곳뿐이었다. 그 외의 곳은 거의 가지 않았다.

더구나 지금 단가는 그녀가 보기에도 무척이나 바빴다.

이럴 때 괜히 외부인인 그녀가 함부로 돌아다니면 좋지 않은 시선을 받을 수도 있는 것이다.

"모용세가의 위세가 더럽게도 높구나."

단천호가 했던 말이 귓가를 울렸다.

자신은 정말 그렇게 행동했었던가?

아니라고는 말할 수 없었다.

그녀는 객으로 온 신분. 손님이라고 해도 함부로 장원의 이곳저곳을 돌아다니는 것은 금기시되어 있는 것이다.

더구나 연무장이란 곳은 특별한 곳이었다. 유호대원들은 별로 신경 쓰지 않는 듯했지만 타 세가에서는 객의 연무장 출입을 엄격히 제한한다. 자칫 그들의 독문 무공이 유출될까 하는 두려움 때문이다.

그런 것이 일반적이니 그녀의 행동은 사실 지나친 감이 있었다. 허락도 받지 않고 연무장을 드나든 것도 그랬고, 유호대가 수련하고 있는데도 옆에서 수련을 하겠다고 말을 한 것도 그랬다.

그녀는 그녀도 모르는 사이에 단가를 깔보고 있었던 것이다.

그녀는 모용세가에서도 특별한 여인이다. 당연히 자신의 가문에 대한 자부심이 무척이나 높았다.

비록 자신은 단천호에게 패배했지만 가문 전체를 놓고 본다면 단가와 모용세가는 비교조차 되지 않는다.

그렇다고 특별히 깔봤던 것은 아니지만 자신의 행동이 단가를 신경 쓰지 않았던 것은 틀림없는 사실이었다.

그러한 행동의 기저에는 분명 단가를 무시하는 마음이

있었을 것이다.

자신도 몰랐던 사실이었지만 단천호 덕분에 알게 되었다.

'그게 아니라면 반발심일지도 모르지만.'

모용가려는 그렇게 생각했다.

생애 첫 패배였다. 단가에 오기 전까지 모용가려는 패배란 말을 모르고 살았다. 그녀가 진 사람은 당연히 져야만 하는 사람들이었다. 아버지라던가 할아버지. 그리고 세가의 어른들에게 진다고 해서 딱히 창피한 일은 아니었다.

하지만 단천호는 지는 게 당연한 사람이 아니었다.

그녀보다 어렸다. 그리고 그녀보다 작은 세가의 사람이었다.

세상에서 말하는 무공의 수준만으로 단순 비교 했을 때, 모용가려가 단천호에게 진다는 것은 있을 수 없는 일이었다.

하지만 졌다.

그것도 완벽하게 패배했다.

그녀의 마음이 좋았을 리가 없다.

그 반발이 그런 식으로 나타났을 수도 있다.

'어찌 되었든 내가 잘못했지.'

모용가려는 순순히 인정했다. 자신이 잘못한 일이 맞았다. 이유야 어쨌든 단가를 무시한 모양이 되어 버렸다.

그러니 사과하는 게 맞았다.

하지만⋯⋯.

굳이 그런 식으로 말을 해야 하는가?

좋게 돌려 말할 수도 있지 않은가.

그렇게 살기 가득한 눈으로 노려보면서 말할 필요는 없었다.

그래서 모용가려는 지금까지 단천호를 피해 왔다. 사과를 해야 하긴 하지만 그쪽에서도 분명 잘못을 했으니까.

그러니 분명 어색해질 것이다.

이런저런 생각을 하는 사이에 모용가려는 연무장에 도착했다.

그리고 연무장에는 이미 유호대가 수련을 하고 있었다.

여전한 대련.

오늘은 특히 박력이 넘쳤다.

모용가려는 미련 없이 몸을 돌렸다.

그런 말을 들은 상황에서 수련하고 있는 사람들을 방해할 수는 없었다.

별수 없이 방으로 돌아가야 할 모양이다.

그러나 떠나려는 모용가려의 발을 잡는 목소리가 있었다.

"어디 가?"

능글능글한 목소리.

모용가려는 소리가 나도록 몸을 휙 돌리고는 처소로 걸어갔다.

"어디 가냐고?"

모용가려는 뒤도 돌아보지 않고 대답했다.

"당신이 알 바 없잖아요!"

사과를 하려고 했었는데…….

왜 만나면 이런 식인지 모르겠다.

"당신?"

그리고 아니나 다를까 꼭 사람이 가장 곤란해 하는 것을 파고들어 온다.

정말 이뻐할래야 이뻐할 수 없는 사람이다.

"……."

"당신?"

어쩔 수 없었다.

무인의 약속이었으니까.

지키지 않으면 무인으로서의 자부심이 무너져 버리는 것이다.

"오…… 오라버니요."

"그래, 그래야지. 려매."

모용가려의 얼굴이 시뻘겋게 달아올랐다!

모용가려는 몸을 휙 돌려 능글능글한 단천호의 얼굴을 보고는 빽 소리를 질렀다.

"누, 누가 려매예요!"

"왜? 동생한테 려매라고 하는 게 이상한가?"

"누가 동생이란 거죠!"

"그것참 이상하군. 너는 나한테 오라버니라고 하는데, 동생은 아니다?"

"그…… 그건 단순한 호칭이에요! 내가 나이가 더 많은데 어떻게 내가 당신의 동생이 될 수 있겠어요?"

"당신?"

"오라버니의 동생요."

"세상 사람들한테 물어봐라. '저 사람은 제 오라버니지만 저는 그 사람의 동생이 아니어도 되는 거죠.'라고. 그날로 모용가에 미친 여자가 하나 나왔다고 동네방네 소문이 날 거다. 아니면 백치검후(白痴劍后) 모용가려라는 별호가 붙을지도 모르지."

백치검후라니!

아니 백치는 그렇다치고, 검후라니!

그런 어마어마한 별호가 자신에게 붙을 리가 없지 않은가!

"검후라니…… 너무 과분한 말이에요."

"과연. 백치검후답군. 백치라고 놀린 건 모르고 검후라고 칭찬해 준 걸로 알다니."

"당신 정말!"

"그래, 정말 몇 번을 말해 줘야 아는 거지?"

"알았다구요. 오라버니! 됐어요?"

"그래."

모용가려는 울분을 삭이며 씩씩거렸다.

생각 같아서는 당장이라도 검을 뽑아 저 능글능글한 면상은 종횡으로 그어 버리고 싶었다.

하지만 그랬다가는 되려 자신이 제압당해 볼기를 맞을 확률이 높으니 참을 수밖에 없었다.

"어디 가는 거지?"

"처소로 돌아가요!"

"왜?"

"수련하는 거 보지 말라면서요!"

"내가 언제?"

"자기가 한 말도 몰라요?"

"뭔 소리야. 나는 가문의 행사를 보지 말라고 했지, 수련을 보지 말라고는 안 했는데?"

"그게 그 말 아닌가요?"

"쯔쯔. 이렇게 이해력이 떨어져서야."

모용가려는 부아가 치밀어 올랐다. 왜 자신이 이런 말을 들어야 하는가? 세가에서는 다들 총명하기 그지없다고 칭찬하기 바빴던 자신이다. 무공이 너무 특출 나서 그렇지, 학문이 낮은 것도 아니었다.

그런 자신을 바보로 만드는 이 인간은 도대체 어디서 떨어진 인간인가!

"그럼 수련을 해도 되는 건가요?"

"마음대로 해."

"그럼 안 할래요."

"응?"

"저는 당신이…… 아니 오라버니가 보는 앞에서 수련할 생각은 눈곱만큼도 없거든요."

"저런! 자신의 실력이 어느 정도인지 가늠하지 못하면 앞으로 나아갈 수 없다는 건 상식인데."

"그거랑 이게 무슨 상관이죠?"

"넌 내게 네 수준을 보여 주고 싶지 않은 거 아닌가? 언젠가는 다시 도전할 생각으로?"

"전혀 아니거든요?"

"그럼 왜?"

모용가려의 볼이 달아올랐다.

뭐라고 대답을 해야 하는가.

"알 것 없어요!"

"치마 입은 것들과는 상종을 하지 말라더니. 알았어, 알았어. 가라고!"

"그렇다고 그렇게 쉽게 보내 주면 어떻게 해요!"

"어이쿠! 그럼 내가 어떻게 해야 된다는 말씀이십니까?

소저?"

"아! 나보고 뭘 어쩌라고!"

단천호는 빙글빙글 웃으며 모용가려를 놀렸다.

모용가려는 열불이 터졌지만 이미 단천호와 말을 섞어보았자 이득 볼 것이 없다는 사실을 온몸으로 체득한 후였다.

"내가 말을 말지. 비켜요. 수련할 거예요!"

"네! 네! 여부가 있겠습니까!"

비꼬는 단천호를 뒤로하고 모용가려는 씩씩거리며 연무장 한편에 섰다.

"해삼! 말미잘! 멍게!"

"맛있겠다."

"말미잘도 먹어요? 짐승!"

"인간이나 짐승이나 별 차이는 없지."

"짐승만도 못 한 인간!"

"과연. 세상에는 금수만도 못 한 인간이 참 많단 말이야? 나이도 어린 게 그걸 아네?"

"누가 어리다는 거예요? 자기는 더 어리면서!"

"정신연령이 문제지. 정신연령."

"이 양반이 진짜!"

"한판 할려고?"

모용가려는 숨을 가다듬었다.

싸워 봤자 질 게 뻔한데 덤벼들 수는 없는 노릇이었다.

하지만······.

"덤벼요!"

"어? 진짜 한판 하게?"

"대련할 사람이 필요해요."

"저기 많잖아. 인간 통나무들."

단천호는 유호대를 가리키며 천진난만하게 웃었다.

하지만 모용가려는 고개를 저었다.

"진검을 들고 전력으로 공격해도 괜찮을 만한 인간."

"과연. 넌 내 무공을 그렇게까지 높게 평가해 주고 있었군!"

"아뇨. 당신이라면 그러다 죽어도 미안하지 않을 것 같아요."

"······고맙군."

모용가려는 검을 뽑아 들었다.

말은 그렇게 했지만 모용가려는 꽤나 진지한 얼굴이었다.

반면에 단천호는 여전히 여유만만에 능글능글이었다.

"눈 치켜뜨니 무서운데?"

"제발 그 입 좀 다물고 살 수 없어요?"

"콧구멍이 좁아서 입을 다물면 숨이 잘 안 쉬어져."

"잘됐군요. 숨 좀 쉬지 말아요. 존재 자체가 해악이니까. 마지막으로 세상에 좋은 일 하나 해야죠!"

"저승에서도 나 같은 놈은 안 받아 준다더군."

"누가 그래요?"

단천호는 어깨를 으쓱했다.

이건 사실이었지만 어떻게 설명할 길이 없었다.

"말로 싸울 건가?"

"안 그래도 지금 갈 거예요!"

모용가려는 검을 뽑아 들고 전력을 다해 단천호에게 달려들었다.

단천호는 입가에 미소를 한껏 띠고는 여유롭게 그녀의 검을 피했다.

공격하는 여인과 피하는 남자. 연무장에 기묘한 그림이 그려지기 시작했다.

스팟!

모용가려의 검은 과연 어린 나이라고는 믿을 수 없을 만큼 유려하고 빨랐다.

하지만 단천호는 손 한 번 뻗지 않고 그 모든 공격을 피해 내고 있었다.

'이상해.'

모용가려의 머릿속에 의문이 든 것은 바로 그 순간이었다.

이건 뭔가 이상했다.

아무리 실력 차이가 심하게 난다고 해도 이렇게 수월하게 피해 낼 수는 없는 것이다.

가령 지금!

쉿쉿쉿!

모용가려의 검이 번개처럼 허공을 세 번 그었다.

그러나 단천호는 움직이지 않았다.

그럼에도 모용가려의 검은 단천호의 한 치 앞을 그었을 뿐 단천호의 옷자락 하나도 건드리지 못했다.

모용가려는 검을 거뒀다.

"왜? 그만할 건가?"

"……"

"잘 생각했어. 계속해 봤자 똑같아."

"뭐가 잘못된 거죠?"

"응?"

모용가려의 얼굴은 심각하기 그지없었다.

"당신은 마치 내가 쓰는 검술을 모두 알고 있는 것처럼 피하고 있어요. 혹시 천류섬광검을 알고 있나 싶어서 중간부터는 천녀검법(天女劍法)을 사용했는 데도 결과는 같더군요."

단천호는 피식 웃었다.

"내가 천류섬광검을 알 리가 없잖아."

"당신이 너무 수월하게 피해 내니까 그렇죠."

"같은 검법이라도 누가 쓰느냐에 따라서 위력은 천지 차이지. 지금 니가 어떤 검법을 쓰더라도 내 옷자락을 건드릴 수는 없어."

"제가 수준이 낮기 때문인가요?"

단천호는 고개를 저었다.

모용가려의 얼굴에 의문이 떠올랐다. 차라리 수준이 낮아서 그랬다면 이해할 수 있을 것이다. 그런데 그게 아니라면 뭐가 문제란 말인가?

"단순히 수준 차이라고는 하기 힘들겠군. 뭐라고 할까? 그래, 이건 방식의 차이지."

"방식?"

"자! 지금부터 내가 삼재검법의 선인지로(仙人指路)로 너를 공격하겠다. 피해 봐."

모용가려는 잔뜩 긴장한 채 단천호의 공격을 기다렸다.

단천호는 수도를 세워 곧장 모용가려에게 찔러 들어갔다. 결코 빠르지 않은 느릿한 속도였다.

모용가려는 단천호의 의도를 이해할 수 없었다.

'뭐하자는 거지?'

모용가려는 단천호의 수도를 빤히 보다가 슬쩍 몸을 옆으로 비켜섰다.

그때 단천호의 수도가 빠르게 휘둘러지며 모용가려가 채 반응하기도 전에 목에 와 닿았다.

"죽었네?"

"무슨 짓이에요!"

"왜? 뭐가?"

"분명 선인지로로 공격한다고 했잖아요!"

"그랬지."

"그런데 이게 무슨 짓이에요!"

"그러니까 뭐가 잘못됐는데?"

모용가려는 답답해 미칠 지경이었다.

선인지로(仙人指路).

말이야 번지르르 하지만 쉽게 말하자면 찌르기, 그 이상도 이하도 아니었다.

단천호는 찌르기로 공격을 한다고 해 놓고는 중간에 슬쩍 베기로 변형을 해 버린 것이다.

"비겁해요!"

"난 도통 이해를 못 하겠군."

단천호는 빙글빙글 웃었다.

"이게 왜 선인지로가 아니라는 거지?"

"선인지로는 찌르기잖아요."

"그렇지!"

"그런데 당신은 중간에 베기로 변형을 했어요. 이건 더이상 선인지로가 아니에요."

"그래? 그렇다면 내가 잘못했군."

"그래요."

"그럼 다시 하지. 내가 선인지로로 공격을 한다. 한 번 막아 보도록."

단천호의 손이 다시 천천히 모용가려를 찔러 들어갔다.

모용가려는 이번에 단천호가 또 무슨 짓을 할지 모른다고 생각했기에 미리 옆으로 비켜서려고 했다.

스팟!

그러나 그 생각이 몸으로 나타나기도 전에 천천히 날아오던 단천호의 손이 순식간에 공간을 압축하더니 모용가려의 목에 와 닿았다.

"죽었네?"

"이건……."

"왜? 이번에는 그냥 찌르기잖아. 그런데 또 뭐가 잘못됐나?"

모용가려는 멍하니 단천호의 얼굴을 바라보았다.

이건 선인지로가 아니다.

하지만 선인지로다.

단천호는 빙글빙글 웃으며 말했다.

"만약 네가 검을 휘둘렀다면 너는 내가 옆으로 피해도 계속 검을 찔러 들어갔을 거야. 그게 선인지로니까."

"……."

"중간에 휘두르기로 변형을 하면 안 돼. 왜? 그게 선인

지로니까. 너는 선인지로를 다 펼쳐야 다른 초식으로 이어
질 수 있으니까."

"……."

"아까 전에도 그렇지. 너는 나와의 간격을 정확히 재지
못했어. 그래서 처음 일 격이 빗나갔지. 그렇다면 이 격과
삼 격은 좀 더 앞으로 나와서 휘둘러야 하는데, 제자리에
서 이 격과 삼 격을 낭비해 버렸지. 그게 네가 배운 검술
이니까."

모용가려는 아무 말도 할 수 없었다.

"그런 무공을 보통 뭐라고 하는 줄 알아?"

"뭐라고 하는데요?"

"칼춤, 연무, 생난리."

"뭐라고요!?"

"정확하게는 죽은 무공이라고 하지."

"죽은 무공……."

"그래, 죽은 무공."

단천호는 손을 뻗어 모용가려의 검을 툭 쳤다.

"이건 검이야. 아무리 좋은 말로 포장해도 그냥 쇠붙이
지. 그런 검이 살아나지는 않아. 하지만 정말 살아 있는
것 같은 검을 쓰는 자들이 있지. 어떻게? 그들이 검을 살
아 있게 만들었기 때문이다. 검이 스스로 생각하고 상대를
쫓아가는 것처럼 영활하게 움직일 때 검은 비로소 살아나

는 거지."

"활검."

"활검과는 조금 다른 개념이지. 자, 봐라."

단천호의 손이 위에서 아래로 내리쳐졌다.

공중에 세 개의 수영이 나타나더니 일제히 아래로 떨어져 내렸다. 그 수영은 마치 꽃잎처럼 하늘거렸다.

"천류낙화(天流落花)?"

수십 개의 꽃잎이 아니라 단 세 개의 낙화였지만 저건 분명 천류섬광검 중 천류낙화의 수법이었다.

"대충 비슷하게 흉내만 낸 거야. 숨은 오의는 따라 하기 힘들지만 모습을 비슷하게 하는 건 일도 아니지. 지금 중요한 건 그게 아니고."

단천호의 손이 다시 움직였다.

"이게 네 천류낙화다."

세 개의 꽃잎이 동시에 하늘에서 떨어져 내렸다. 꽃잎은 이리저리 휘날렸지만 결국 비슷한 시기에 바닥에 도달했다.

"그렇지만 이건 꽃잎이 아니지."

단천호는 고개를 젓더니 다시 손을 휘둘렀다.

허공에서 세 개의 꽃잎이 다시 떨어져 내렸다. 이번에는 어떤 것은 빠르게, 어떤 것은 느리게, 어떤 것은 좌우로 크게 흔들리며 떨어져 내렸다.

"바람이 불면?"

꽃잎들이 한쪽으로 부드럽게 이동했다.

모용가려는 멍한 눈으로 그 꽃잎들을 응시했다.

천류낙화.

그 무공이 이렇게도 쓰일 수 있다는 것을 오늘 처음 알았다.

단천호는 멍하게 자신을 응시하고 있는 모용가려를 보며 쓰게 웃었다.

'모용천세. 그 영감은 이런 것도 안 가르치고 뭘 한 거야?'

정확하게 말하자면 모용천세가 가르치지 않은 것이 아니었다. 모용천세는 아직 모용가려가 이러한 무공의 이치를 알 때가 아니라고 여겼다. 그렇기에 조금 더 기초를 닦도록 내버려 둔 것이다.

기초가 무엇보다 중요하다고 여기는 명문의 방식과 지금 당장 알 수 있는 것을 하나라도 더 알아야 개죽음당하지 않는다는 단천호의 방식의 차이였다.

"그럼 아마 천류낙화의 완성은 이런 모습이겠지."

단천호의 손이 천천히 들렸다.

손이 부드럽게 떨리기 시작하더니 곧 흐릿하게 그 모습을 감추었다.

하늘에서 수십 송이의 꽃잎이 떨어져 내렸다.

그러나 그 수십 송이는 모두 다른 속도와 다른 방식으로 떨어져 내렸다.

마치 정말 바람이 불어 수십 송이의 꽃잎이 떨어져 내리는 것 같았다.

"이게 살아 있는 무공이다."

단천호는 모용가려를 바라보았다.

"같은 무공이라도 상대에 따라, 상황에 따라 그 효용은 달라지고 방식도 달라진다. 네가 선인지로가 아니라고 했던 무공을 내가 선인지로라고 말한 것이 바로 이 이유다. 동일한 초식을 몇 번이고 반복하여 수십 개의 꽃잎을 만들어 내봤자 상대에게는 통하지 않는다. 그 안에 하나하나 변화를 담아야 하는 법이지."

모용가려는 고개를 끄덕였다.

지금 모용가려는 수십 개의 꽃잎을 만들어 낼 수 없었다. 만들어 낸다고 하더라도 그것은 천류낙화가 아니라 천류낙우(天流落雨)가 되어 버릴 것이다.

이처럼 변화하는 무공은 만들어 낼 수 없었다.

일정한 속도로 떨어지는 꽃잎. 반면에 서로 다른 변화와 속도를 가지고 떨어지는 꽃잎.

어느 것이 피하기 어려울지는 자명했다.

모용가려는 눈을 감았다.

한 번에 닥쳐든 무리가 머릿속을 어지럽게 헤집고 있었

다. 모용가려는 시간이 가는 줄도 모르고 정신없이 자신만
의 세계로 빠져들었다.

"어?"

단천호는 모용가려를 보며 헛웃음을 지었다.

여기가 어디라고 이렇게 무아지경에 빠져 버린단 말인
가?

"젠장!"

단천호는 짜증을 내며 그 자리에 걸터앉았다. 별수 없
이 호법을 서 줘야 할 판이었다.

과거 천하의 검수(劍手)들을 비탄에 잠기게 했던 모용
세가의 검봉 모용가려가 현세에 다시금 그 모습을 드러내
기 시작하는 날이었다.

"운도 지지리도 없다니까!"

물론 단천호는 그런 데는 별 관심이 없었다.

12장
—
신
위
를
뽐
내
다

단천호는 단무성의 호출을 받고 가주전으로 들어갔다.

　"흠!"

　"추우우우웅!"

　과거 단천호에게 호되게 당했던 호위 무사들이 그 자리에 넙죽 엎드리며 절을 했다.

　"그래, 그래."

　분명 호위대장에게만 저런 식으로 예를 올리라고 했던 것 같은데, 이게 좀 잘못 전달된 모양이었다.

　여하튼 지금은 그런 것을 일일이 시정하고 있을 상황이 아니었다.

　"아버님, 소자 천호입니다."

"그래, 어서 들어오너라."

단천호는 문을 열고 안으로 들어갔다.

이제 과거의 어색함은 많이 사라진 상태였다. 인간은 적응의 동물이라고 하지 않는가? 과거에는 부친의 얼굴을 마주하는 것 자체가 껄끄러웠지만 이제는 그래도 마주 보고 농담 정도는 할 수 있게 되었다.

"어서 오너라. 그래 별일은 없고?"

"저야 뭐 별일 있습니까? 다른 분들이 고생이죠 뭐."

사실이 그랬다.

단천호야 탱자 탱자 노는 게 일이지만 지금 단가는 정신없이 바빴으니까.

단무성도 무인답지 않게 얼굴에 피곤이 덕지덕지 묻어 있었다.

"다름이 아니라, 개방에서 연락이 왔구나."

"창천수호대 말입니까?"

"그래, 지금 거의 세가에 당도했다고 한다."

"어디로 오고 있는지는 들으셨습니까?"

"그래, 무창 쪽 관도로 올라오고 있다더구나."

"흐음……."

단천호는 손을 들어 얼굴을 매만지며 생각에 잠겼다.

생각보다 무척 빠른 속도였다. 아마도 연리연과 연락이 되지 않자 무리해서 속도를 올린 모양이었다.

"너는 어찌했으면 좋겠느냐?"

"어찌하다니요?"

"내가 생각을 해 봤다만 지금이라도 가문에 있었던 일을 공표하고 창천수호대를 돌아가게 만드는 방법이 좋지 않겠느냐?"

"안 됩니다."

"그럼 어찌해야 한다는 말이냐?"

"처음 계획대로 협박을 하는 것이 맞습니다. 사실 가문 내에서 그런 일이 있다고 밝히는 것 자체가 단가의 위신을 깎아 먹는 행위가 될 테니까요."

단무성은 인상을 썼다. 그걸 알고는 있지만 그것보다 더 중요한 사실이 있었다.

"하지만 미리 공표를 하지 않는다면 입을 막기 위해서라도 창천수호대가 일전을 불사해 버릴 수도 있다."

"어차피 단가무쌍대의 합류가 저지된 이상 연가의 창천수호대 하나로는 단가를 도모할 수 없습니다."

"하지만 피해가 있지 않겠느냐. 그것을 명분으로 연가에서 본격적으로 단가를 칠 수도 있다."

"그건 저에게 맡겨 주십시오."

어차피 명분 따위는 귀에 걸면 귀걸이고 코에 걸면 코걸이인 것이 세상이다.

대충 적당히 그렇구나 해 줄 명분이 있으면 힘으로 밀

어 버릴 수 있는 것이 세상이다.

단무성은 뭔가 단단히 착각을 하고 있었다. 지금 만약 그들이 공표를 해 버린다면 연가에서는 오히려 그런 일이 없다고 발뺌할 것이다.

그리고는 단가에서 죄 없는 연리연을 핍박했다는 말을 하며 전력을 다해 단가를 쳐 버릴 것이다.

짐승을 궁지에 모는 것은 좋지 않다.

이 사태를 벗어나려면 그런 방법으로는 안 된다.

'만만한 먹잇감이 아니라는 것을 보여 줘야지.'

단천호의 눈이 차갑게 빛났다.

연가 따위가 단가를 만만하게 본다는 것 자체를 단천호는 용납할 수 없었다. 조금 모습을 드러내야 할 시점이었다.

"여하튼 제가 한번 그들을 만나 보겠습니다."

"단가무쌍대를 데리고 가거라."

"그런 잡것들한테는 필요 없습니다. 저 혼자로 충분합니다."

"내가 너를 못 믿는 바는 아니다만은……."

단천호는 싱긋이 웃었다.

"아버지."

"응?"

"저 겁 많습니다."

"겁?"

"승산 없는 싸움은 절대로 하지 않으니 걱정하지 마십시오."

"알겠다. 내 너를 믿으마."

"예, 다녀오겠습니다."

단천호는 그 말을 남기고 방을 나섰다.

단무성은 어느새 훌쩍 커 버린 자식의 등을 하염없이 바라보았다.

창천수호대(蒼天守護隊)의 대주인 귀안검(鬼鮫劍) 좌도휘(左跳輝)는 대원들을 독려했다.

"서둘러라."

길게 말을 하지 않았지만 대원들은 좌도휘의 말을 이해한 것 같았다.

연리연에게서 연락이 오지 않은 지 이틀이 넘었다. 그동안 매일 연락을 해 오던 것을 감안하면 분명 일이 터진 것이 틀림없었다.

단가에 늦게 도착해서 연리연에게 무슨 일이라도 생긴다면 연가 가주 연극쌍(燕戟雙)의 진노를 감당할 자신이 없었다.

출가외인이라고는 하지만 연리연은 연극쌍의 딸.

게다가 단가에 가서도 연가를 위해 애쓴 사람이다. 한

시라도 빨리 단가에 도착해서 연리연을 확보해야 한다.

"젠장!"

다만 마음에 걸리는 것은 연리연이 발각되면서 다른 모든 준비가 수포로 돌아간 상황이었다.

그렇다면 창천수호대 단독으로 단가를 도모해야 할 수도 있다.

물론 불가능한 일은 아니었다. 겉으로 알려진 것에 비해서 창천수호대의 무위는 몇 배나 높았으니까.

하지만 희생이 따를 것이다.

좌도휘는 최악의 상황이 아니길 빌면서 단가를 향해 달리고 또 달렸다.

이제 반나절만 더 가면 단가에 도착한다.

단가 근처에서 운기를 해 체력을 보충한다면 언제든 단가로 쳐들어갈 수 있을 것이다.

"대주님!"

"말하라."

"단가까지 앞으로 세 시진입니다."

"알았다. 대원들을 독려해라."

"예!"

좌도휘가 이상한 것을 발견한 것은 바로 그때였다.

그들은 지금 관도를 따라 달리고 있지만 관도를 피해 달리고 있었다.

무슨 말인고 하니, 관도를 따라가고는 있지만 관도의 길 위가 아니라 옆으로 삼 장 정도 비껴 난 숲을 달리고 있는 것이다.

쓸데없는 이목의 집중을 막기 위해 선택한 길이었다.

그런데 전방에 이상한 공간이 보였다.

나무가 잘려 나가 커다란 공터가 만들어져 있었다.

'저건 뭐지?'

궁금했지만 지금은 이런 것에 신경 쓰기 보다는 빨리 단가로 가는 게 중요하다.

그렇게 생각했다.

그런데 좌도휘의 발길을 잡는 것이 있었다.

쓰러진 나무가 기묘한 글씨를 이루고 있었다.

연가지묘(燕家之墓)

좌도휘의 발이 멈췄다.

그에 따라 창천수호대 역시 일제히 멈춰 섰다.

이 글이 그들을 노리고 써졌다는 것은 바보가 아니라면 누구라도 알 일이었다.

그리고 좌도휘는 바보가 아니었다.

좌도휘는 딱딱하게 굳은 얼굴로 공터를 한동안 주시했다.

"누구냐."

그들을 기다렸다면 누군가 반드시 이곳에 있을 것이다. 그게 아니라면 저 앞에는 흥분한 그들을 기다리는 함정이 있을 것이다.

좌도휘는 전자이기를 바랐다. 그렇다면 아무런 신경을 쓰지 않고 상대를 박살 내는 데만 집중할 수 있으니까.

좌도휘는 기감을 돋워 주변을 살폈다.

그러나 그것은 쓸데없는 짓이었다.

"여어!"

좌도휘에게 한 남자가 말을 걸었다.

"헉!"

좌도휘는 깜짝 놀라 사내를 바라보았다.

"언제!"

그곳에는 푸른 청의를 입고 푸른색 복면을 한 자가 잘린 나무에 걸터앉아 있었다.

"언제는 무슨 언제야. 계속 여기 있었는데."

좌도휘는 기이한 감정을 느꼈다.

왜 알아채지 못했을까? 바로 앞에 사람이 있는 데도 전혀 알아채지 못하고 기감을 돋워 상대를 찾으려고 했다.

누가 들으면 배를 잡고 웃을 것이다.

하지만 좌도휘는 웃을 수가 없었다. 그것이 자신이 겪은 일이기 때문이었다.

"누구냐!"

"몰라서 묻나?"

사내는 유들유들하게 웃으며 말했다. 복면을 쓰고 있었기에 표정은 알 수 없었지만 말투에 웃음기가 묻어났다.

좌도휘의 눈썹이 꿈틀거렸다.

웃는다?

감히 창천수호대를 앞에 두고 웃을 수 있는 자가 있었던가?

좌도휘의 고개가 끄덕여졌다. 믿는 구석이 있다면 불가능한 일도 아니다.

"단가 가주의 말을 전하러 온 모양이군."

"반은 정답."

"너무 목이 뻣뻣한 것 아닌가? 인질을 잡고 있다고 해서 우리가 저자세로 나갈 것이라 착각하고 있는 것은 아니겠지?"

좌도휘의 말에는 심계가 숨겨져 있었다. 여기에서 상대의 반응에 따라 연리연이 인질로 잡혔는지 아닌지를 파악할 수 있었다.

하지만 상대의 반응은 그런 좌도휘의 의도를 완전히 벗어났다.

"인질은 개뿔. 연가 따위를 상대하는 데 인질까지 잡아서야 쪽팔려서 살겠나."

"놈!"

좌도휘는 검을 뽑았다.

"한 번만 더 그 방자한 주둥아리를 함부로 놀리면 그 혀를 뽑아 주겠다!"

"주둥아리를 놀렸으면 주둥아리를 자를 것이지 왜 혀를 뽑냐? 거참 희한한 놈일세."

"이…… 이놈이!"

좌도휘가 막 발작하려는 찰나, 뒤에서 한 남자가 앞으로 나섰다.

창천수호대의 지낭(智囊) 역할을 하는 비호(肥狐) 적산(積山)이었다. 살찐 여우라는 별호처럼 적산은 무척이나 뚱뚱한 사내였다.

적산은 입가에 한껏 웃음을 머금고 사내에게 말을 걸었다.

"서로 쓸데없는 이야기는 이쯤에서 접어 두고 이제 슬슬 본론을 이야기해 보는 것이 어떻겠습니까?"

"넌 뭐냐? 돼지? 사람 이야기하는데 짐승이 끼는 것이 아니다."

누구라도 화가 날 만한 말이었다.

그러나 적산은 사내의 말을 웃음으로 받아넘겼다.

"죄송합니다. 하지만 제가 창천수호대의 입이라서 어쩔 수 없이 끼어들어야 할 것 같습니다. 귀하의 기분을 상하게 해서 참 죄송합니다."

사내의 눈이 조금 가라앉았다.

이런 남자는 싫지 않았다. 기분이 나빠도 목적을 위해서 자신을 낮출 줄 안다. 보통 머리를 쓴다는 자들이라면 말속에 비수를 감출 터인데, 그런 것도 없이 바로 사과를 했다. 보통 사람은 할 수 없는 일이다.

"돼지라고 한 것 취소하지. 미안하다."

"헤에?"

순순히 사과하는 사내의 모습에 되려 적산은 한 방 먹었다는 얼굴을 했다.

"이거 참. 종잡을 수 없는 분이군요."

"그쪽도."

"칭찬 감사합니다."

"그 말 그대로 돌려주지."

"이럴 때 쓰는 말이던가요?"

"말이란 쓰기 나름이지."

적산은 유쾌하게 웃었다.

하지만 좌도휘는 그럴 기분이 아니었다.

"적산, 웃을 때가 아니다."

"예, 대주. 알겠습니다."

적산은 고개를 흔들어 정색을 하고는 다시 입을 열었다.

"단가에서 나오신 분입니까?"

"그럼 어디서 나왔겠냐."

"이상하군요. 단가가 왜 저희를 막는다는 말입니까?"

적산의 말에 사내는 한숨을 푹 내쉬었다.

물론 이들을 막아선 사내는 단천호였다.

단천호는 단도직입적으로 말했다.

"쓸데없는 시간 낭비는 필요 없지 않나? 이쪽은 연가의 음모를 파악했고, 연가에 가담한 자를 모두 잡아 구금하거나 죽였다. 이제 연가에서는 어떻게 할 생각이냐?"

"연리연 마님께서는?"

"살아 있다."

단천호는 순순히 상대에게 모든 것을 가르쳐 주었다.

그러자 머릿속이 복잡해진 것은 적산이었다. 거짓말을 하는 것 같지는 않다. 이런 거짓말을 해 봤자 그들이 얻을 수 있는 것을 없을 테니까.

그렇다면 왜 이런 것을 다 알려 준다는 말인가?

"연가에서 음모를 꾸몄다는 것은 금시초문입니다만……."

"그럼 뭐하러 왔냐. 유람이라도 나왔나? 땀 뻘뻘 흘려 가며?"

"마침 이곳을 지나던 중입니다."

"참 말 많다. 그냥 이야기해. 어쩔 거야. 싸울 거야?"

적산의 이마에 땀이 흘렀다. 이건 뭔 이야기가 통해야 심계를 써 보든 말든 할 것 아닌가.

단순한 것도 어느 정도지, 말을 나누는 것 자체를 귀찮아 해 버리면 어떤 심계도 먹혀들어 갈 리가 없지 않은가.

적산의 말이 통하지 않는다 싶으니 좌도휘가 다시 앞으로 나섰다.

"무슨 죄목으로 연가의 식구를 구금한다는 말이냐?"

"연가의 식구?"

"본가 가주의 따님을 구금하고 있다고 하지 않았나."

"너는 출가외인이라는 말도 모르냐? 어떻게 그게 너희 식구냐!"

"흥! 출가한 집안이 제대로 사람을 모시지 못한다면 이쪽도 가만히 있을 수 없지."

"그래, 그러니까 덤비시겠다?"

좌도휘는 비릿한 미소를 지었다.

"연리연 마님을 순순히 인도한다면 그러지 않을 수도 있다."

좌도휘의 미소에 단천호 역시 미소로 답했다.

"별 거지 같은 게 웃기지도 않네."

"뭐라고!"

"아아, 기다려. 그래도 형식이란 게 있으니까. 단가의 이름으로 고한다. 연가는 지금 당장 단가를 획책하려 드는 모든 수작을 중지하고 무한을 떠나라. 그렇지 않는다면 단가에서도 연가를 적으로 간주하고 모든 사실을 공표함은 물론 앞으로 연가를 적대할 것이다."

"개소리!"

"뭐가 또 남았는데? 생각이 잘 안 나네?"

"그게 단가의 뜻이냐?"

"정확하게는 내 뜻이지만, 뭐 상관없을 거야. 앞으로 내 뜻이 곧 단가의 뜻이 될 테니까."

"흥. 복면을 하고 온 주제에 당당하기 그지없군."

"새꺄! 초류향이 울고 갈 눈부신 존안을 뵙고 니들 눈이 멀까 봐 특별히 배려해 준 거야."

"미친놈!"

"저 새끼가 내 별명을 어떻게 알았지?"

확실히 단천호의 과거 별명에는 광(狂) 자가 들어갔다.

단천호는 신기하다는 듯이 좌도휘를 보다가 자리에서 일어났다.

"여하튼 나는 할 말 다했다."

"흥! 올 때는 니 마음대로 왔을지 모르지만 가는 것은 니 맘대로 할 수 없다."

"누가 간대?"

"음?"

"덤벼, 새꺄. 그 튀어나온 턱을 편평하게 만들어 줄 테니까."

"이런 자라 새끼가!"

단천호는 처음부터 적당히 할 생각이 없었다.

저들은 그의 터전을 노린 적이다. 그리고 단천호에게 적에 대한 자비는 애초에 존재하지 않았다.

더구나 이 전투는 단천호에게 있어서 특별했다.

'몸이 많이 굳었지.'

그동안 대련이나 지도는 충분히 했지만 서로를 죽이려는 살기가 오고 가는 전투는 단 한 번도 없었다.

단천호가 아직 한 사람도 죽이지 않았다는 것이 그 증거다.

수많은 시간을 피와 살이 튀는 전장에서 보낸 단천호에게 있어서 그러한 다툼은 싱겁기 짝이 없었다.

이제 드디어 단천호가 봐주지 않아도 되는 상대를 만난 것이다.

물론 단천호가 처음에 노리는 자는 뻔했다.

스팟!

단천호의 몸이 흐릿하게 사라졌다.

"헉!"

그리고 단천호의 몸은 여지없이 좌도휘의 바로 앞에 나타났다.

"말했지?"

단천호의 두 손이 들렸다.

한 손은 검게, 그리고 한 손은 하얗게.

퍼퍼퍼퍽!

과격한 격타음과 함께 좌도휘의 턱에 순식간에 십이 권이 틀어박혔다.

"끄으윽!"

좌도휘는 제대로 된 비명조차 지르지 못하고 그 자리에서 스르르 무너져 내렸다.

"아직 안 끝났어."

건곤벽(乾坤劈).

건곤합일(乾坤合一).

단천호의 두 손이 한곳으로 뭉쳤다.

파아아앗!

그에 따라 단천호의 손에 모였던 검고 흰 기운이 서로 만나 맹렬하게 끓어올랐다.

단천호는 그대로 손을 뻗어 쓰러지는 좌도휘의 가슴을 그대로 강타했다.

콰쾅!

거대한 폭음과 함께 좌도휘의 몸이 대포로 쏜 것처럼 엄청난 속도로 뒤로 튕겨져 나갔다.

"크아악!"

그에 따라 좌도휘의 신형과 부딪친 창천수호대의 몇몇도 바닥을 굴렀다.

"괜찮네."

오랜만에 써 본 것 치고는 위력이 꽤 마음에 들었다.

"이놈!"

좌도휘가 격살당하는 것을 본 적산이 분노하여 검을 휘둘러 왔다.

'파리 앉겠군.'

하지만 단천호에게 그 검은 너무 느렸다.

챙!

날카로운 금속음이 들리며 적산의 검이 단천호의 우수에 그대로 잡혀 버렸다.

"허억!"

적산은 너무 놀라 심장이 입으로 튀어나올 것만 같았다.

검기가 어린 검을 어떻게 맨손으로 잡을 수 있다는 말인가?

단천호의 우수에는 지금 곤(坤)의 기운이 서려 있다. 곤의 기운은 무엇보다 강하고 단단하다. 그러니 맨손으로도 검기를 잡아낼 수 있는 것이다.

"놀라긴."

단천호의 좌수가 적산의 명치를 파고들었다.

퍼억!

"컥!"

명치를 그대로 가격당한 적산은 그 자리에서 혀를 빼어 물고 혼절해 버렸다.

단천호는 싱긋 웃으며 적산을 뒤로 던졌다.

이걸로 살아남을 한 사람이 정해졌다.

챙! 챙! 챙! 챙!

여기저기서 검을 뽑는 소리가 들려왔다.

단천호는 비릿한 미소를 지으며 그들을 바라보았다.

이게 얼마 만에 보는 먹잇감들이란 말인가?

"차압!"

단천호에게서 가장 가까이에 있던 창천수호대원이 검을 휘둘러 왔다.

단가무쌍대의 검보다 몇 배는 빠른 속도. 확실히 창천 수호대의 무공은 단가무쌍대보다 우위에 있었다.

하지만 그래도 달라지는 것은 없었다.

단천호의 좌수가 날아오는 검을 막고 동시에 우수가 상 대의 목을 스쳐 지나간다.

서걱!

손이 스쳐 지나갔는데 베이는 소리가 들린다.

단천호의 손이 지나간 목이 쩌억 갈라지더니 갈 곳 잃

은 머리통이 허공으로 살짝 떠올랐다가 바닥에 떨어졌다.

파아악!

그리고 괴이한 소음과 함께 잘린 목에서 피 분수가 뿜어져 나왔다.

머리를 잃은 몸뚱이는 제멋대로 춤을 추다 바닥에 꼬꾸라졌다.

단천호는 피 냄새를 맡으며 싱긋이 웃었다.

"그리운……."

단천호의 몸이 창천수호대를 향해 쇄도했다.

"전장의 향기여."

단천호의 두 손이 빠르게 허공을 수놓았다. 검고 푸른 장영이 동시에 허공을 가득 메우며 얽혀들더니 마치 파도처럼 창천수호대를 덮쳐 갔다.

건곤벽(乾坤劈).

건곤겁랑(乾坤怯浪).

콰콰콰콰!

검고 푸른 파도가 마치 거대한 파도가 몰아치듯 창천수호대의 머리 위를 뒤덮어 버렸다.

"크아아악!"

"으아아아!"

비명이 터지며 일 수에 수 명이 피떡이 되어 날아갔다.

건곤벽에 당한 자는 몸 안에서 기운이 충돌하며 더 큰 내상을 입는다. 즉 겉은 멀쩡하다고 해도 속은 결코 멀쩡하지 못하다는 말이다.

그런데 이렇게 겉으로 피떡이 되었다면 내부의 장기는 하나도 성치 못 했을 것이다.

"물러서지 마라!"

단천호의 기세에 압도당해 슬금슬금 뒤로 물러서는 창천수호대를 독려하는 목소리가 터져 나왔다.

물론 단천호로서는 대환영이었다.

"도망치지 마. 따라가서 잡는 건 무척이나 귀찮은 일이거든."

단천호의 이죽거림에 창천수호대가 동요하기 시작했다.

"적은 한 놈이다! 쳐라!"

"진부하다, 진부해. 다른 대사는 없냐?"

동시에 십여 명에 달하는 창천수호대원이 단천호를 덮쳐 왔다. 검 하나하나에 시퍼런 검기가 맺혀 있는 것이 보기만 해도 위협적이었다.

하지만 단천호는 그렇게 생각하지 않는 모양이었다.

단천호의 우수와 좌수가 움직였다.

동시에 단천호의 몸이 그 자리에서 팽그르르 회전했다.

사방으로 동시에 터져 나가는 검고 하얀 권영(拳影)!

건곤벽(乾坤劈).

건곤만첩(乾坤萬疊).

단천호를 향해 공격해 들어가던 검수들은 일순간 단천
호가 뿜어낸 권영에 그대로 휩쓸려 버렸다.

"크아아아악!"

끔찍한 비명이 터지며 쇄도해 든 검수들은 그보다 빠른
속도로 되튕겨져 버렸다.

물론 그들이 피떡이 되어 버렸다는 사실은 이제 굳이
설명할 필요도 없었다.

단천호는 머리 위로 떨어지는 피를 맞으며 싱긋 웃었
다.

이게 전장이다.

이렇게 목숨을 걸고 서로를 죽이려 드는 살기가 빗발치
는 곳.

그리고 피가 튀고, 뼈가 부러지고, 살이 갈리는 곳.

이곳이 바로 전장이었다.

단천호는 부족함을 느꼈다. 이것으로는 그동안 참아 왔
던 허기를 모두 채울 수 없었다.

건곤벽은 애초에 공격을 위한 무공이 아니었다. 하늘의
기운과 땅의 기운을 동시에 몸 주변에 둘러 상대의 공격을 막아 내는 방어의 무공.

그것이 건곤벽이었다.

애초에 건곤벽이 수많은 연타로 여러 곳을 뒤엎는 형태로 되어 있는 것도 바로 그 때문이었다.

건곤벽만으로는 채워지지 않는 것이 있었다.

'써 볼까?'

애초에는 계획에 없었지만 지금 사용해 보는 것도 나쁘지 않을 듯싶었다.

과거 단천호의 삼대 무공이었던 것.

건곤벽(乾坤劈).

혈륜(血輪).

그리고 또 한 가지.

건곤벽은 원래 도가 무공이었다가 너무 잔인하다는 이유로 사장되었던 걸 혈선이 복원한 것이었다.

혈륜은 단천호가 만들어 낸 단천호만의 무공이다.

그러나 혈륜은 공력 소모가 너무 심했기에 오랜 전투에는 함부로 남발할 수 없었다.

그래서 존재했던 세 번째 무공.

단천호의 손이 천천히 들렸다. 그의 손이 천천히 하얗게 물들어 가기 시작했다.

옅은 흰빛을 띤 투명한 기운. 청령진천심공의 기운이었다. 과거의 단천호가 이 기운을 모으면 광천수라마공의 영향으로 검붉은 핏빛으로 손이 빛났다.

그래서 사람들은 이 무공을 혈마수(血魔手)라고 불렀다.

하지만 이제는 그 이름이 어울리지 않았다.

"겁천수(劫天手)라고 하자. 내가 싸워야 할 대상은 하늘이니까."

단천호가 새하얗게 물든 손으로 달려들었다.

창천수호대는 검을 움켜쥐고 단천호에게 달려들었다.

하지만 결과는 참혹했다.

단천호의 손이 휘둘러지는 곳에는 아무것도 남아나지 않았다.

검을 휘두르면 검이 부러졌다.

주먹을 휘두르면 팔이 통째로 찢겨 나갔다.

손에 닿는 모든 것을 파괴시켜 버리는 악마의 손.

그것이 겁천수였다.

단천호는 닥치는 대로 잡아 뜯고 베고 터뜨리며 앞으로 전진했다.

색은 달라졌지만 혈마수의 광폭한 기운은 겁천수에 그대로 남아 그 흉성을 뿜어냈다.

"으하하하하핫!"

단천호는 흥에 겨워 광소를 토해 냈다.

그와 동시에 과거 천하를 호령하던 광천마의 투기가 사방으로 뿜어져 나갔다.

"허어억!"

몇 남지 않은 창천수호대는 완벽하게 전의를 상실했다.

"히이이익!"

그들은 단천호가 다가오는 것을 보자 뒤도 돌아보지 않고 도주를 시작했다.

"어?"

단천호는 입맛을 다셨다.

한창 재미있게 싸우고 있는데 저렇게 도망가 버리면 흥이 깨지지 않는가?

그렇다고 쫓아가서 죽이자니 그것도 귀찮은 일이었다.

"한 놈만 살려 주기로 했는데……."

살려 줄 놈은 이미 정했다.

그렇다면 저 도망치는 놈들을 살려 둬서는 안 된다는 말이다.

"어쩔 수 없지."

단천호의 손이 가슴 앞에 모였다.

"저런 쓰레기들에게 쓰려고 있는 무공은 아니지만."

콰콰콰콰!

주변의 모든 기운이 단천호의 손에서 뿜어져 나온 기운과 융합되어 휘몰아쳤다.

이윽고 그 기운들이 하나의 작은 원을 만들었다.

"영광으로 알아라!"

광륜!

광륜이 처음으로 실전에 그 모습을 드러냈다.

단천호의 손이 앞으로 쭉 내밀어졌다.

그에 따라 광륜이 그 이름에 걸맞는 속도로 날아갔다.

한 줄기 빛살처럼 날아간 광륜이 도망치던 자들 중 하나의 등을 그대로 꿰뚫었다.

"커억!"

사람의 몸에 커다란 구멍을 내고 지나간 광륜이 허공에서 빙글 선회하더니 먹이를 노리는 매처럼 낙하해 또 하나의 먹잇감을 물어뜯었다.

퍼억!

머리가 수박처럼 터져 나갔다.

단천호의 눈이 싸늘해졌다.

"끝이다. 폭(爆)!"

콰아아앙!

광륜이 그 자리에서 터져 나가며 주변에 광폭한 기의 폭풍이 몰아쳤다.

그 폭풍에 휩쓸린 자들은 비명조차 지르지 못하고 기의 칼날에 물어뜯겨 걸레짝이 되어 버렸다.

절세무비한 광륜의 위력이었다.

"흠……."

단천호는 자신이 만들어 놓은 참상을 바라보았다.

수십에 달했던 창천수호대가 단 한 명을 남기고 모두 전멸해 버렸다. 그것도 시체도 온전히 남기지 못한 경우가 대부분이었다.

이것이 광천마라 불리던 단천호의 전투였다.

"조금 과하긴 했나."

단천호는 눈살을 찌푸렸다.

가장 익숙한 방식으로 싸웠다. 하지만 조금 역하다는 기분도 들었다.

과거에는 광천수라마공을 익혔기에 피 비가 내리는 전장에서도 역하다는 생각을 하지 않았다. 오히려 더 흥분이 됐고 기분이 좋아졌다.

하지만 지금 단천호의 기반이 되는 무공은 청령진천심공이기에 과거처럼 담담할 수가 없었다.

"앞으로는 적당히 손을 써야겠다."

적어도 시체는 온전히 남겨 주는 방향을 생각해 봐야 할지도 모른다.

단천호는 그렇게 생각하며 쓰러져 있는 적산에게 다가 갔다.

적산은 세상모르고 쓰러져 있었다.

단천호는 쓴웃음을 지으며 적산의 앞에 쪼그려 앉아서 적산의 볼을 툭툭 쳤다.

"야!"

그러나 적산은 미동도 하지 않았다.

쫘악! 쫘악!

볼을 때리는 강도가 높아졌다. 그러나 적산은 깨어날 기미가 보이지 않았다.

이윽고 적산의 얼굴이 처음보다 두 배는 더 부어올랐지만 적산은 결코 눈을 뜨지 않았다.

'이것 봐라?'

단천호는 눈치를 챘다.

이 정도 충격이면 혼절에서 깨지 않는 것은 불가능했다.

"야."

"……."

"자냐?"

"……."

"깨 있으면 살려 줄려고 했는데."

"깨어 있습니다!"

적산이 벌떡 몸을 일으켰다. 번개같이 몸을 일으킨 적산이 부동자세를 취하며 단천호를 바라보았다.

"어쭈? 자는 척했어?"

"아닙니다! 지금 깼습니다!"

단천호는 피식 웃고 말았다. 아까도 그렇지만 무척 재미있는 놈이다. 그렇기에 굳이 이놈을 살려 둔 것이 아닌가.

"니가 할 일이 뭔지는 알지?"

"예! 제가 본 것과 말씀하신 것을 연가에 그대로 전하 겠습니다."

"역시 머리 좋은 놈은 편하단 말이야."

"감사합니다!"

단천호는 식은땀을 뻘뻘 흘리는 적산의 등을 팡팡 후려 쳤다.

"가 봐."

"수고하십시오!"

적산은 그 몸에 어울리지 않는 날렵한 동작으로 경공을 펼쳤다.

"아, 잠깐!"

적산의 몸이 그 자리에 우뚝 섰다.

"원위치."

휘이익!

마치 천하제일 경공 대가를 꿈꾸었다는 듯이 적산의 몸 이 순식간에 단천호의 앞으로 돌아왔다.

"창천수호대도 없어졌고 하니, 너 이제 연가에서 별로 할 일 없지?"

"예?"

"갔는데 대접이 박하다 싶으면 찾아와라. 받아 준다."

"감사합니다!"

"그래, 가 봐!"

"수고하십시오!"

적산의 몸이 순식간에 눈앞에서 사라졌다.

단천호는 피식 웃고는 몸을 돌렸다.

"자, 그럼 집에 가야 할 텐데."

단천호는 자신의 몸을 내려다보았다. 처음에는 푸른색
이었던 의복이 완전히 피에 젖어 검붉게 물들어 있었다.

"이걸 어머니께서 보시면?"

아마 난리가 날 것이다.

"옷을 갈아입어야 할 텐데 말이지."

단천호는 고민에 빠졌다.

문제는 단천호가 다른 의복을 준비해 오지 않았다는 것
이다. 그뿐이라면 다행인데, 잠깐 나갔다 온다는 생각에
돈도 들고 나오지 않았다.

"끄응!"

단천호는 어깨를 축 내리고 터덜터덜 걸었다.

이 꼴로 집에 들어갈 수는 없으니 어디 가서 옷을 한
벌 훔치던가, 어머니 모르게 몰래 집에 숨어들어야 할 것
같았다.

어느 쪽이든 그리 좋은 꼴은 아니었다.

"내가 어쩌다가……."

단천호의 한숨은 그칠 줄 몰랐다.

일반적인 사람이라면 집 근처의 의복점에서 단가의 이름을 대고 외상으로 옷을 살 법도 하건만 단천호의 사전에 외상이란 단어는 존재하지 않았다.

사나이는 죽어도 쪽팔리는 짓은 하지 않는다.

단천호의 좌우명이었다.

13장 — 일을 마무리 짓다

연가와의 싸움이 일단락된 지 이레가 지났다.

겉으로 보기에 단가는 평화를 되찾은 것처럼 보였다.

하지만 그렇게 생각하는 것은 단천호 혼자뿐이었고 실제로는 집안이 풍비박산난 것이나 마찬가지였다.

단무성은 이번 사건과 그 후에 닥친 후폭풍으로 무인답지 않게 위염이 도져 버렸다.

그 외, 세가의 가신들도 약을 달고 살면서 퀭한 눈으로 각종 업무를 평소의 몇 배나 해치우고 있는 중이었다.

눈코 뜰 새 없이 바쁜 단가에서 유일하게 한가한 이가 바로 단천호였다.

단천호는 한량을 지향하는 평소의 삶 그대로 오늘도 부

엌이나 들락거리면서 지붕 위의 한적한 삶을 즐기고 있었
다.

"하늘은 맑고, 햇살은 따뜻하고, 바람은 시원하니, 여기
가 무릉도원이구나."

단천호는 지붕 위를 데굴데굴 굴렀다.

이제 연가의 일을 해결해 놨으니 한동안은 어디에도 신
경을 쓰지 않아도 된다.

사실 연가의 일이 빨리 끝났기에 망정이지, 길어졌다면
정말 골치 아플 뻔했다.

이제는 세가가 다시 안정을 찾을 때까지 지켜보기만 하
면 되는 일이다.

단천호는 자신의 본분을 잊지 않았다.

사자는 배가 부를 때도 다음 사냥을 준비한다. 다음 사
냥을 위해서 가장 필요한 것은 적절한 영양의 섭취와 충
분한 휴식이었다.

단천호는 충분한 휴식을 취하는 중이었다.

햇살이 따뜻한 것이 졸음이 솔솔 밀려왔다.

"평화롭구나."

단천호는 늘어지게 한참 잘 생각으로 천천히 눈을 감았
다.

"이공자님."

그러나 그의 단잠을 깨우는 이가 있었다.

단천호는 인상을 확 썼다.

아직도 감히 자신의 잠을 깨우는 이가 있을 줄은 상상도 못 했다.

세가의 배신자를 단죄하던 그 날, 자신에게 얽혀 있던 모든 오해와 소문을 일축한 단천호가 아닌가?

이제는 세가 무사들의 선망의 대상인 자신이었다.

그런데 감히!

단천호는 무시무시한 눈으로 처마 밑을 내려다보았다.

거기에는 장삼이 초조한 얼굴로 지붕 위를 올려다보고 있었다.

"장삼?"

"이공자님! 여기 계셨군요."

단천호의 표정이 점점 찌푸려졌다.

장삼이 그를 찾을 이유가 없다. 장삼은 그의 전속 하인이 아닌가? 장삼이 단천호를 찾아왔다는 것은 누군가가 장삼에게 단천호를 찾아오라고 시켰다는 말이 된다.

"무슨 일이지?"

"가주님께서 찾으십니다."

"못 찾았다고 해."

"예?"

"귀가 먹었어? 못 찾았다고 하라니까?"

"이공자니이이임!"

"에잉!"

단천호는 귀를 막고 몸을 휙 돌려 버렸다.

"이공자님!"

"아, 왜!"

"가주님께서 순순히 오시지 않으면 이 말을 전하라고 하셨습니다."

"뭐?"

"결재할 서류가 아직 산더미처럼 남았다구요."

"흐윽!"

단천호는 자리에서 벌떡 일어났다.

이 말은 당장 달려오지 않으면 친절하게 서류를 나누어 주겠다는 협박이 틀림없었다.

단천호는 절대 그것에 동참할 생각이 없었다. 서류를 훑어보지 않고 도장만 찍는다고 해도 이박삼일은 꼬박 걸려야 할 일이다.

그게 어떻게 사람이 할 일이란 말인가?

"내…… 내가 가지!"

단천호는 지붕 아래로 내려갔다. 그리고 번개처럼 달려 가주전을 향해 뛰어갔다.

단천호는 호위 무사들의 인사를 받으며 가주전 문을 박 찼다.

"아버지! 천호입니다!"

얼마나 마음이 급했던지 문을 열고나서 말을 할 지경이었다.

"흠!"

단천호의 입가에서 침음성이 터졌다.

퀴퀴한 냄새가 나는 가주전.

집무용 책상 위에는 서류가 마치 작은 동산을 연상시키듯 쌓여 있었다.

그 서류 사이로 하나의 얼굴이 슬그머니 나타났다.

퀭하게 패여 있는 눈두덩.

거칠거칠한 피부.

그리고 금방이라도 땟국물이 흐를 것 같은 의복.

"죄송합니다. 제가 방을 잘못 찾았네요."

단천호는 문을 닫아 버렸다.

쿵!

그때 문 안에서 나지막한 목소리가 들려왔다.

"일을 도와주겠다고?"

벌컥!

단천호는 문을 열고 들어가 의자에 앉았다.

"농담이 심하시네요."

"고양이 손이라도 필요하다면 써야지."

"고양이가 저보단 낫죠."

"끄응……."

단무성은 자리에서 일어나며 기지개를 켰다.

우드득! 우드드득!

얼마나 오래 앉아 있었던 것인지 허리에서 뼈 부러지는 소리가 났다.

"살아는 계시죠?"

"아마도 그럴 거다."

"다행이네요."

단무성은 참담한 얼굴로 단천호를 바라보았다.

사실 이 모든 사건의 원흉은 단천호가 아닌가! 단천호가 생각 없이 가신들의 근맥을 자르고 뇌옥에 처넣어 버려서 이 업무 마비가 생겨난 것이다.

그런데 본인은 쏙 빠지고 고통은 남들만 받고 있었다.

"무슨 생각 중이세요?"

"어떻게 하면 니 뼛골을 빼먹을까 생각 중이다."

"하하. 농담도 잘하십니다."

"난 평생 농담이란 걸 모르고 살았다."

"정말 재미있으시네요."

단천호는 끝끝내 철면피 신공으로 단무성의 모든 공격을 능수능란하게 받아넘겼다.

단무성은 한숨을 푹 쉬더니 입을 열었다.

"네가 할 일이 있다."

"제가 좀 바빠서요."

"서류 결재하란 말이 아니다."

"말씀하세요. 무슨 일이든 성심성의껏 돕죠."

단무성은 힘이라고는 하나도 없는 표정으로 한숨을 푹 내쉬었다.

"내가 어쩌다가 저런 걸 낳아서……."

"요즘 제 말버릇이죠."

"나 몰래 애라도 만들었나?"

"어쩌다가 까지만요."

단무성은 이를 갈았다.

하지만 어쩌겠는가? 저게 자신의 자식인 것을. 이제 와서 후회해 봤자 소용없는 일이었다.

"어딜 좀 다녀와야겠다."

"심부름은 제 주특기죠."

"의천맹이다."

"그런데 요즘은 다리가 아파서 멀리는 못 가겠더라고요."

"다리가 아프면 가만히 의자에 앉아서 허리와 팔, 그리고 머리를 쓰는 일이 있는데 어떠냐?"

"그러고 보니 좋은 약을 먹고 다리가 나았던 것 같군요."

"끄응……."

단무성은 이마를 감싸 쥐었다.

아무리 자신의 자식이지만 너무 능글맞은 것 아닌가?

자신도 유우란도 저런 성격은 아닐 터인데 어쩌다가 애가 저렇게 자라 버렸단 말인가.

통탄할 노릇이었다.

"그리 급할 것 없는 길이다. 천천히 다녀와라."

"그런데 왜 가야 하는 거죠?"

단천호의 말에 단무성이 한숨을 푹 내쉬었다.

단천호가 방에 들어온 이후로 대체 한숨을 몇 번이나 쉬었는지 몰랐다.

"의천맹에서 중재를 하기로 했다."

"중재요?"

"연가와의 일 말이다."

"그거 다 끝난 이야기잖아요."

"너는 그렇게 생각할지 모르겠지만 연가에서는 그리 생각하지 않는 모양이더라."

"이상하네? 죽고 싶지 않으면 안 그럴 텐데."

단천호는 어깨를 으쓱했다.

단무성은 한숨을 쉬었다.

단천호가 연가의 창천수호대를 상대하고 돌아온 후 단천호는 어떠한 일이 있었는지 말해 주지 않았다.

"이제 다시 안 올 거예요."

그 말을 끝으로 단천호는 입을 다물었다.

대충 어떤 일이 있었을지 짐작했기에 단무성은 더 이상 물어볼 수 없었다.

"그런데 그거랑 의천맹이랑 무슨 상관인데요?"

"의천맹에서 하는 일이 그거다. 문파끼리 다툼이 있으면 대충 적당히 물러서라고 중재를 하지."

"그러라고 만든 맹이 아닐 텐데……."

"전란이 없으니 어쩌겠느냐. 그런 일이라도 해야 체면이 좀 살지."

이해할 수 없는 노릇이었지만 굳이 따지고 싶지는 않았다. 어차피 자신이야 시키는 일이나 하고 떡이나 얻어먹으면 그만이었다.

"그런데 그냥 그만 싸우라고 하면 될 일인데, 굳이 부르는 이유는 뭔가요?"

"돈 낼 때가 됐거든."

"돈이요?"

"의천맹 휘하의 무파들은 매년 일정 금액을 의천맹에 상납하도록 되어 있다. 돈 낼 때가 됐으니 구실 삼아 돈 내러 오라는 거지."

"우리 수금당하는 겁니까?"

"뭐 막말로는 그렇게 되지."

"탈맹하죠."

"나 비호당주다."

"지금은 아니잖아요."

"그래도 거기 깔아 놓은 게 얼만데."

"앞으로 들어갈 돈 만큼의 가치가 있을까요?"

"좀 더 많겠지?"

단천호의 볼이 퉁퉁 부어올랐다. 의천맹 따위가 뭐라고 굳이 돈을 가져다 바쳐야 한단 말인가?

"걔들은 돈 받는 것들이 받으러 오지는 못할 망정 돈을 내러 오라고 한답니까?"

"그렇게라도 해야 의천맹에 들락거리는 사람이 조금 많아질 것 아니냐. 안 그래도 하는 일이 없다고 해체하자는 말이 나오고 있는데."

'쉽게 무너진 이유가 있었군.'

혈천이 몸을 일으키기 전부터 의천맹의 힘은 약해질 대로 약해져 있었던 모양이다.

뭐 아무래도 상관없었다.

"꼭 제가 가야 하나요?"

"아니다. 꼭 니가 가지는 않아도 된다."

"그럼 안 갈렵니다."

"내가 갈 테니, 네가 이 일 좀 맡아라."

"아무래도 의천맹에 갈 사신으로는 저만 한 적임자가 없는 것 같습니다."

"퍽이나."

단무성은 영 못 믿겠다는 표정을 지었다.

단천호로서는 억울한 노릇이었지만 그렇다고 아버지에게 따지고 들 수는 없었다.

"언제 출발하면 됩니까?"

"빠를수록 좋겠지?"

"그럼 보름에 출발하겠습니다."

"열흘이나 쉬려고?"

"준비는 철저할수록 좋죠."

"내일 출발하지?"

"언제나 모든 일에는 준비가 필요한 법이지요."

"천룡이도 요즘 하는 일이 없던데."

"하지만 준비를 빠르게 마치는 것도 능력. 맡겨 주신다면 내일까지 완벽하게 준비하겠습니다."

"에잉……."

"그럼 이만."

단천호는 자리에서 일어나 방문을 열었다.

"천호야!"

"예."

단천호의 고개가 슬쩍 뒤로 돌았다.

"네 말투가 좀 변한 것 같구나."

단천호는 빙긋 웃었다.

지금까지 단천호가 단무성에게 하던 말투는 극존칭에 가까웠다. 그러나 오늘은 조금 다른 말투를 쓰고 있었다.

"그게 더 편해서요."

단천호는 문을 닫고 밖으로 나갔다.

단무성은 서류 더미에 에워싸여서도 흐뭇한 미소를 지었다.

"헉! 사고 치지 말란 말을 못 했네!"

불길함이 엄습하는 단무성이었다.

"내일이라……."

가주전을 나선 단천호는 빠르게 생각을 정리했다.

못 해도 한 달 이상 집을 비우게 될 것이다. 그사이에 큰일이야 나겠냐만은 집안을 한 번 정리할 필요가 있었다. 그가 없더라도 단가는 부쩍부쩍 자라 주어야 한다.

"우선은 유호대인가?"

단천호는 유호대가 훈련하고 있는 연무장으로 향했다.

유호대원들은 연무장에 일렬로 정렬해 철봉을 휘두르고 있었다.

"하나!"

"차아아압!"

"둘!"

"우랴아압!"

유초의 구령에 맞춰 철봉이 일제히 한 방향으로 휘둘러졌다.

단천호가 지켜보고 있지 않아도 그들은 스스로 자신을 단련했다.

철봉의 무게는 무려 오십 근.

보통 사람이라면 휘두르는 것만으로 팔이 빠져 버릴 무게다.

유호대는 그것을 빠르고도 강하게 휘두르고 있었다.

"조금은 강해졌군."

단천호는 미소를 지었다.

"이공자님!"

"추우우우웅!"

여기저기서 인사가 쏟아졌다.

단천호는 가볍게 목례하여 그들의 인사를 받고는 모두를 한곳으로 모았다.

유호대 전원이 모이자 단천호는 헛기침을 한 번 하고는 유호대 하나하나와 일일이 시선을 맞추었다.

"사정이 있어 잠시 단가를 떠나게 되었다."

"예?"

"떠나다니요!"

"어디 가시는 겁니까!"

금세 장내가 소란스러워졌다.

단천호는 손을 한 번 휘저어 소란을 막았다.

"좋아할 것 없다. 한 달 내에는 돌아올 테니까."

"조…… 좋아하다니요. 저희가 어찌……."

유초는 그렇게 말했지만 단천호는 한 달이라는 말이 나오는 순간 유호대원들의 얼굴에 떠오른 감정을 파악했다. 그것은 아쉬움이 틀림없었다.

'이것들이!'

평소 같으면 바로 푸닥거리를 시작했겠지만 오늘은 조금 특별한 날이니만큼 한 번은 참기로 했다.

"그래서 앞으로 한 달간의 훈련은 지금과 같은 방식으로 계속한다. 유초."

"예!"

"하루마다 봉을 휘두르는 속도를 일 할씩 늘려라. 그리고 보름째 되는 날, 백 근짜리로 바꾼다. 그 뒤도 하루에 일 할씩 속도를 늘려 가면 된다."

"명심하겠습니다."

"혹시 내가 없는 동안에 게으름을 피고 싶다면 그래도 된다."

단천호의 말을 곧이곧대로 믿는 사람은 적어도 유호대 내에는 없었다.

"아닙니다! 최선을 다해 수련하겠습니다."

"아냐, 아냐. 빈 말이 아니라 정말 앞으로 한 달간은 니들이 마음대로 강도를 조절해도 좋아. 몸이 아픈 놈은 쉬고, 힘들면 그만해도 돼."

유호대원들의 얼굴에 일제히 불안감이 떠올랐다. 이 마귀 같은 인간이 이번에는 또 무슨 짓을 할 셈일까?

"아, 그런데 혹시 그거 아냐?"

"네?"

"그, 걔들 있잖아. 연리연 호위하던 애들."

"참마대 말씀이십니까?"

"그래, 참마대. 걔들은 근맥 안 끊었다."

"그럼⋯⋯."

"응. 멀쩡해. 금제만 해 뒀어."

유호대가 일제히 침묵했다.

참마대.

과거 연리연의 호위라는 위세를 등에 업고 그들을 무던히도 괴롭혔던 놈들이다.

처음 단천호가 유호대와 인연을 맺게 된 것도 따지고 보면 참마대 때문이 아닌가?

유호대가 참마대에 가지는 분노는 상상을 초월했다.

"한 달 뒤에 붙여 줄게."

"⋯⋯."

"그러니까. 쉬고 싶은 놈들은 쉬어. 괜찮아."

유호대원들의 눈이 타오르기 시작했다. 그들에게 처음으로 복수를 할 수 있는 기회가 온 것이다.

"그런데 이공자님."

"음?"

"저희가 이길 수 있습니까?"

이 질문은 지금 유호대가 가지고 있는 공통적인 의문이었다.

상승 무공을 익히게 해 준다고 해 놓고는 철봉을 휘두르게 시킨다. 그것도 앞으로 한 달 동안 그것만 하란다. 그런데 실력이 늘면 얼마나 는다고 참마대와 붙인다는 건가?

"야, 유운호."

"예!"

"너 나 믿냐?"

"……."

"못 믿어?"

"아, 아닙니다! 믿습니다!"

유운호의 말에는 '어느 정도는요'가 생략되어 있었다.

단천호는 만족스러운 듯 가슴을 두드렸다.

"나 단천호다. 믿어라. 내가 시키는 대로 열심히만 수련한다면 너희는 반드시 참마대를 이길 수 있다."

"알겠습니다!"

"그래, 그럼 나는 가 볼 테니 수련 열심히 해라."

"추우우웅!"

단천호는 뒤돌아 휘적휘적 걸어가다가 발을 멈추었다.

"아, 참."

"말씀하십시오."

"그 참마대랑 붙을 때 말인데……."

"예!"

"진검으로 할 거다."

"……."

"뭐 이기긴 하겠지만 열심히 수련 안 한 놈은 팔이나 다리 하나는 잘려 나가겠지. 재수 없으면 죽겠지만, 뭐 무인이란 게 다 그런 거 아니겠냐? 수고들 해라."

단천호가 빠져나간 연무장에 수련의 열풍이 후끈하게 불어왔다.

'유호대는 됐고. 다음은 단가무쌍대.'

황귀는 나름 지금의 삶에 만족하고 있었다.

불과 이레 전만 해도 전장에 나가고 싶어서 단가를 배신할 생각까지 했던 그지만 막상 전장이란 곳이 어떤 곳인지를 느껴 보니 정나미가 떨어졌다. 하인 생활을 하는 것이 조금 껄끄럽기는 하지만 장점도 있었다.

'그 지독한 놈을 보지 않아도 된다는 거지!'

하인이다 보니 단천호를 마주할 일이 없었다.

이 얼마나 즐거운 일인가?

그날 이후로 단천호와 시선만 마주쳐도 오금이 저린 황귀에게 이보다 더 좋은 일은 찾기 힘들었다.

'대충 이렇게 살다가 나가 버려?'

무인으로서 사는 것도 괜찮았지만 이렇게 직접 노동을 해서 돈을 버는 것도 나쁘지 않은 듯싶었다.

하기 전에는 자존심 때문에 꺼려졌지만 막상 해 보니 참 수월하지 않은가?

내공은 금제당했지만 배운 가락이 있기에 남보다 힘도 세고 튼실했다. 다른 하인들의 몇 배 몫을 쉽게 해치우는 일등 하인들이 탄생한 것이다.

'나랑 비슷한 생각을 하는 놈도 몇몇 있는 것 같고.'

딱히 말을 하지 않았지만, 그런 건 눈빛만 봐도 알 수 있는 법이다.

황귀는 마음을 편히 먹었다.

어쨌든 이제 다시는 칼을 잡을 일이 없을 것 같았다. 언제 복직이 될지도 모르고, 복직 한다고 해도 전과 같은 신뢰를 받기는 어려울 것이다.

그렇다면 이렇게 사는 것도 나쁘지는 않다.

그렇게 생각했다.

불과 반 각 전까지는.

저 징글징글하고 무서운 인간이 황귀의 눈앞에 나타나기 전까지는.

"받아라."

단천호는 황귀에게 두 개의 책자를 던졌다.

"이…… 이게 무엇입니까?"

"무공."

"무공이라니요?"

"정확하게는 하나의 검술과 하나의 내공심법."

황귀는 어리둥절할 수밖에 없었다.

그들을 하인으로 만든 것은 다름 아닌 단천호 본인이 아닌가?

그런 사람이 왜 이제 와 무공을 준다는 말인가?

'함정인가?'

눈앞의 인물은 그러고도 남을 사람 같았다.

'이걸 익히면 혈맥이 파열돼서 죽을지도 몰라.'

황귀는 확신했다. 이 무공은 익혀서는 안 되는 무공이다.

그러거나 말거나 단천호는 황귀에게 친절히 무공에 대해서 설명했다.

"칠절검법과 청혼신공이다. 칠절검법은 완전히 새로운 무공이고, 청혼신공은 니들이 원래 익혔던 청혼진기를 간단히 손봤다."

단가의 내공심법은 크게 두 가지로 나뉜다. 하나는 가

주와 그 직계가 익히게 되는 청령진기(淸令進氣)이고, 다른 하나는 그 아래 무사들이 익히게 되는 청혼진기(淸魂進氣)이다.

크게 차이가 있는 무공은 아니었지만 청령진기가 청혼진기에 비해서 상급의 무공인 것은 틀림이 없었다.

단천호는 무사용 청혼진기를 뜯어고쳐 청혼신공을 만들어 내었다.

물론 이것은 새로운 내공심법을 익히되 기존의 내공과 서로 충돌하지 않게 하기 위한 배려였다.

"가…… 감사합니다."

"감사할 것 없어. 어차피 하인이든 무단(武團)이든 결국에는 단가의 식구인데 강해지면 나야 좋지."

"……예."

그러나 황귀는 긴장을 풀 수 없었다. 이 인물은 절대 방심할 수 있는 사람이 아니었다.

"대충 네 수준에 맞게 만든 비급이니까. 보면 무슨 말인지 알 거야."

"……예."

비급을 만들었단다. 어디서 주운 무공을 준 것도 아니고 머릿속에 있는 무공을 황귀의 수준에 맞춰서 비급으로 제작했다는 말 아닌가.

황귀는 엄두도 낼 수 없는 수준이었다.

"여하튼 감사합니다."

받아 둬서 나쁠 것은 없어 보였다.

"음. 넌 일단 대주니까, 빨리 익혀서 밑에 애들 가르쳐 줘라."

"……예."

"그리고 내가 한 달 뒤에 돌아와서 검사를 할 거다. 그리고 일정 성취를 넘었다 싶으면 단가무쌍대를 다시 복직시켜 주지."

"정말입니까?"

"그렇겠지?"

"감사합니다."

이건 꽤 좋은 소식이었다.

하지만 그 일정 성취라는 것이 단천호의 주관적인 기준이 아닌가. 아무리 엄청난 성취를 이루더라도 단천호가 복직시키고 싶지 않다면 말짱 도루묵이라는 말이었다.

"아, 그리고."

"예!"

"그…… 너무 파격적이지?"

"예?"

"그렇잖아. 그래도 니들은 나름 배신까지 한 놈들인데, 무공도 주고 잘 익히면 복직도 시켜 주고."

듣고 보니 그런 듯싶었다.

"이공자님의 하해와 같은 아량에 감사 드립니다."

일단 말이라도 이렇게 해야 하지 않겠는가?

하지만 단천호는 그런 아부에 흔들리는 종류의 사람이 아니었다.

"나 속 좁아."

"……예?"

"이렇게 하자."

황귀의 등 뒤로 불안함이 드리웠다.

"잘 익힌 놈은 복직시켜 줄게. 대신 마음에 안 드는 놈은……."

우드드드득!

단천호의 주먹이 뼈 소리를 내며 꽉 움켜쥐어 졌다.

"나랑 개인 면담이다."

"……."

황귀는 아무 말도 할 수 없었다.

이기면 쥐꼬리만 한 것을 얻고, 지면 죽는 내기다.

누가 이런 내기에 응한단 말인가?

"왜? 싫어?"

"……."

"그럼 지금 그냥 면담할까?"

"아닙니다!"

"익힐 거지?"

"예! 그렇습니다!"

이렇게 단가무쌍대는 단천호의 두 번째 희생양이 되었다.

황귀의 어깨를 툭툭 두드려 준 단천호는 울 것 같은 얼굴을 한 황귀를 뒤로하고 느긋하게 걸어 세 번째 목표물을 향해 발길을 옮겼다.

'세 번째는 그놈인가?'

쉬이이잉!

검이 허공을 갈랐다.

검기가 서린 검이 허공을 빠르고도 경쾌하게 유영했다.

검은 때로는 빨랐고, 때로는 느릿했다.

그리고 때로는 급격했고, 때로는 완만했다.

검이 보여 줄 수 있는 모든 모습이 그 안에 담겨 있는 것 같았다.

단천룡은 그렇게 검무를 추었다.

단천호는 단천룡의 검무를 보며 생각에 빠졌다.

'성장했다.'

불과 이레 만에 단천룡은 한 걸음 더 앞으로 나아간 것이다.

아무리 단천호가 세맥을 개통시켜 주었다지만 그 효과를 뛰어넘는 성취였다.

중요한 것은 벽을 넘었다는 것이 아니라, 하필 이 시기에 벽을 넘었다는 것이다.

'어깨에 지고 있던 것을 내려놓으니 검에 힘이 빠진 것인가?'

그렇다면 단천호의 계획에도 문제가 생기게 된다.

단천룡에게 가주 자리가 어울리지 않는다는 증거가 될 테니까.

보통은 소가주의 자리를 잃으면, 허무함에 무공이 퇴보하거나 정체되는 것이 일반적일 것이다.

그러나 단천룡은 한 발 더 나아갔다.

이 차이는 분명히 컸다.

'알아봐야겠군.'

단천호는 앞으로 걸어갔다.

검무를 추고 있는 단천룡의 일 장 전방까지 다가갔을 때, 단천룡은 단천호의 존재를 눈치챘다.

단천룡은 검무를 멈추고 단천호를 바라보았다.

"성장했나?"

단천룡은 고개를 끄덕였다. 자신이 생각하기에도 한 걸음 더 나아간 것이 확실했다.

단천호는 잠시 생각에 빠진 듯하다가 입을 열었다.

"소가주 자리는 너에게 맞지 않는 자리였던 모양이군."

"……"

"알겠다. 소가주는 내가 맡도록 하지."

"잠깐!"

말이 끝나자마자 단천룡이 입을 열었다.

"난…… 나는…… 아직 소가주 자리를 포기하지 않았다."

'호오?'

단천호의 입가에 미소가 지어졌다.

"너는 죄인의 자식이다. 그런데 감히 단가의 소가주를 노리겠다는 것인가?"

"죗값은 이미 치렀다. 그러니…… 나도 소가주에 도전할 자격이 있다."

살짝 내리깐 단천룡의 눈은 이글이글 불타고 있었다.

단천호는 단천룡이 보이는 눈빛의 의미를 알아챘다.

그건 의지였다.

반드시 소가주 자리를 다시 찾아오겠다는 의지.

단천룡의 무공이 발전한 것은 짐을 내려놓아서가 아니라 잃은 것을 되찾겠다는 의지가 강했기 때문이다.

단천호는 안심했다.

이래 줘야 한다. 단천룡이 이래야지 단천호가 단가를 벗어나 더 큰 세상을 주무를 수 있었다.

"능력은 없는 놈이 꿈만 크군."

단천호가 슬쩍 비꼬자 단천룡의 어깨가 조금 더 굽혀졌

다. 그리고 고개는 좀 더 숙여졌다.

단천호의 미간이 찌푸려졌다.

"어깨 펴! 새끼야."

단천룡은 화들짝 놀라 단천호를 바라보았다.

"나를 벌레 취급하던 단천룡은 어디 갔나? 내 살기를 바로 앞에서 받아 내면서도 굽히지 않던 단천룡은 어디 갔나! 어깨를 펴라! 단가는 어디에서도 고개를 숙이지 않는다!"

단천룡의 어깨가 펴졌다. 그리고 눈을 똑바로 뜨고 단천호를 바라보았다.

단천호는 빙글빙글 웃었다.

"그래, 그래야지. 능력이 없다면 키우면 될 일이고 모자라다면 노력하면 될 일."

단천호는 품 안에서 두 개의 책자를 꺼내 단천룡에게 던졌다.

단천룡은 엉겁결에 단천호가 던진 책자를 받아들었다.

"이건?"

"앞으로 단가의 가전 무공이 될 것들이다. 청령신공(淸靈神功)과 비천낙뢰검(飛天落雷劍)이지."

"청령신공, 비천낙뢰검."

"그래, 기반은 단가의 청령진기와 비천이십팔검이다. 그러니 익힐 수 있을 거다. 하지만 네가 원래 익히던 무공보다 몇 배는 더 난해하니 쉽지는 않을 거야."

"이걸 왜 내게……."

"미우나 고우나 네가 내 핏줄이란 사실은 변하지 않는다. 더구나 너는 단가의 장남. 네가 제대로 사람 구실을 못 하면 단가 전체가 욕을 먹는다는 사실을 알고 있겠지?"

"……알고 있다."

"그럼 제대로 해라. 어설프게 여자한테 지지 말고. 이제 다른 누구에게도 지지 마라. 단가는 이제 어디에서도 패배하지 않는다!"

단천룡의 가슴속에서 숨겨졌던 웅심이 불타오르기 시작했다.

단가의 이름으로 천하를 웅비하려던 꿈. 이제는 사라졌다고 생각했던 그 꿈이 다시금 타올랐다.

"내가 돌아올 때까지 두 무공을 오성 이상 성취하면 내가 책임지고 소가주 자리를 다시 돌려주지."

"정말이냐?"

"나는 거짓…… 에잉! 거짓말은 좀 하지만 이번에는 진짜다."

"신용이 안 가는군."

"좀 맞으면 신용이 가겠냐?"

단천룡은 찔끔해서 단천호의 시선을 피했다.

조금 전까지는 어깨를 피라더니 이제는 협박을 해 댄다. 정말 제멋대로인 놈이었다.

"크흠. 뭐 오성까지 익히는 게 쉬우면 이런 조건도 안건다. 한번 해 봐라. 말도 안 되는 조건을 걸었다고 미치도록 욕하고 싶어질 테니까."

"해내겠다."

"그럴 수 있다면."

단천호는 미련 없이 등을 돌렸다.

단천룡에게는 구구절절한 말이 필요 없다. 이것으로 충분하다.

그리고 다른 건 모르겠지만 아직도 저놈 하고는 그다지 말을 섞고 싶지 않았다.

'말만 하면 패고 싶다니까.'

아직 앙금이 다 풀린 것은 아니니까.

단천룡은 어쩐지 오한이 드는 것 같았다.

그런 단천룡을 뒤로하고 단천호는 마지막으로 가야 할 곳을 향했다.

"어머니. 천호입니다."

"들어오거라."

단천호는 조심스레 문을 열고 안으로 들어갔다.

아직도 어머니 유우란은 그에게 어려운 존재였다. 이

집에서 유일하게 그를 야단칠 수 있는 존재가 바로 어머니였다.

유우란은 다탁에 앉아 단천호를 맞이했다.

"앉거라."

"예."

단천호는 다탁에 앉아 평소처럼 유우란이 건네주는 차를 받았다.

"별일없으십니까?"

"나야 뭘 별일이야 있겠느냐. 형님이 식사를 도통 안 하셔서 문제지."

"연리연이요?"

"그렇게 부르지 말거라. 아무리 그래도 네게는 큰어머니 되시는 분이다."

"예."

유우란은 싱긋이 웃었다.

"하긴. 나도 이번에 화 좀 풀었다. 얼마나 통쾌하던지."

"하신 겁니까?"

"가법은 지엄해야 한다면서?"

"그건 그렇지요."

단천호는 엉덩이를 깐 연리연의 볼기를 몽둥이로 후려치는 유우란을 상상했다.

말은 그렇게 했지만 유우란의 성격에 심하게 매질을 하

지는 못했을 것이다.

"이번에 먼 길을 간다고 들었다."

"하남에 다녀오는 것뿐입니다."

유우란은 한숨을 푹 쉬었다.

"네가 태어나서 집 밖으로 여행을 가는 것이 이번이 처음이 아니더냐. 하남이라니, 먼 곳이지. 네 아버지께서는 왜 하필 너에게 이런 일을 시키시는 건지."

단천호는 하마터면 차를 뿜을 뻔했다.

그러고 보니 자신은 십오 세 이전에 세가 밖을 나가 본 기억이 없었다. 멀리 가 본 것이 시전일 정도였으니 말 다 한 것 아닌가?

어머니의 걱정이 이해가 갔다.

하지만 그렇다고 해서, 어머니의 자식은 천하를 다 누벼 봤습니다 하고 말할 수도 없는 노릇이었다.

"천호야."

"네 어머니."

"나도 이런 내 걱정이 기우인 것을 알고 있다. 어느새 훌쩍 커 버린 너는 너무나도 어른스러우니까."

"……."

"하지만 어미의 마음이란 다 그런 것이란다. 네가 스스로는 아무리 컸다고 느껴도 어미가 보기에는 아직 어린아이인 것이야."

"예."

"먼 길 다녀오는 데 항상 몸조심하거라."

"걱정하지 마세요."

"그래."

유우란은 손을 뻗어 단천호의 얼굴을 쓰다듬었다.

단천호도 유우란의 손길을 피하지 않았다.

"품 안의 자식이라더니. 언제 네가 이렇게 자라서 어미 곁을 떠날 날이 왔누."

"어머니, 제가 어디 멀리 가나요. 그저 잠시 다녀올 뿐입니다."

"그래, 그래. 내 새끼."

유우란은 손을 뻗어 단천호를 끌어안았다.

단천호는 유우란의 품 안에서 깊은 숨을 내쉬었다.

세월이 지나도 나이가 먹어도 잊혀 지지 않던 곳. 그것이 어머니의 품이었다.

"그래, 준비하려면 바쁠 텐데, 이제 가 보거라."

"어머니. 옥체 보중하십시오."

"별소리를 다 하는구나. 너나 조심하거라."

"예."

단천호는 천천히 일어나 방문을 열었다.

"천호야."

"예, 어머니."

"돌아오거라."

"예?"

"여기는 네 집이다. 언제든 너는 이곳으로 돌아와야 한다는 것을 잊지 말거라."

단천호는 입을 다물었다.

어머니는 느끼고 있었다. 언젠가 단천호가 세가의 그늘을 벗어나 창공을 비상하리라는 사실을, 어머니는 알고 있었던 것이다.

"어머니, 여긴 제 집입니다."

하지만 하늘을 나는 독수리도 지친 날개를 쉬어 갈 둥지가 필요한 법이다.

단천호에게는 단가가, 아니 유우란이 그 둥지였다.

"돌아올 겁니다."

단천호는 웃으며 방을 나섰다.

유우란은 웃으며 그를 보냈지만 눈가에서 흘러내리는 눈물 한 방울은 막을 수 없었다.

다음날.

단천호는 단가장의 정문에 서 있었다.

등에 봇짐을 한가득 짊어진 그는 영락없이 과거를 보러

떠나는 서생 같았다.

정문에는 단무성과 유우란을 필두로 단가무쌍대와 유호대까지 나와 있었다.

"뭘 그리 먼 길을 간다고 마중을 나오십니까."

단천호는 담백하게 웃으며 말했다.

"천호야, 몸조심하거라!"

"의천맹에 가거든 비호당을 찾아서 도움을 청하면 된다!"

"예, 걱정 말고 들어가세요."

걱정스러워 보이는 단무성과 유우란과는 다르게 유호대와 단가무쌍대의 얼굴에는 화색이 돌고 있었다.

"이공자님! 잘 다녀오십시오!"

"의천맹을 아주 뒤집어 버리는 겁니다!"

"세가는 걱정하지 마십시오!"

물론 단천호는 유호대와 단가무쌍대가 기뻐하는 모습을 보고 있을 수만은 없었다.

"너희는 어제 내가 한 말을 잘 기억해라."

"흐읍!"

단천호는 회심의 미소를 짓고는 몸을 돌렸다.

"그럼 다녀오겠습니다!"

밝은 햇살이 비춰 단천호의 앞길을 환히 밝혀 주었다. 단천호는 쏟아지는 햇살 사이로 단가장을 나섰다.

단천호의 모습이 사라질 때까지 단가장의 식구들은 하

염없이 단천호의 뒷모습을 바라보며 손을 흔들었다.

"가…… 셨지?"

"가셨나?"

"갔다!"

"갔구나!"

단가무쌍대와 유호대가 일제히 두 팔을 하늘로 들었다.

"만세!"

"이제 해방이다!"

"으아! 한동안은 두 발 뻗고 자겠구나!"

"만세!!!"

유호대와 단가무쌍대는 신나게 만세를 불렀다.

그러나 그 순간 등 뒤에서 싸늘한 음성이 들려왔다.

"만…… 세……?"

불길한 예감을 억누르며 돌아본 그곳에는 유우란이 악귀의 얼굴을 하고 서 있었다.

단가무쌍대과 유호대는 기쁨에 겨워 유우란이 지켜보고 있다는 것을 잠시 잊어버렸던 것이다.

그리고 그 대가로, 그 날 단가무쌍대와 유호대는 유우란이 단천호의 친모라는 사실을 뼈저리게 확인해야 했다.

물론, 엉겁결에 자신도 모르게 같이 만세를 불렀던 단무성도 무사하진 못했다.

14장 — 길을 떠나다

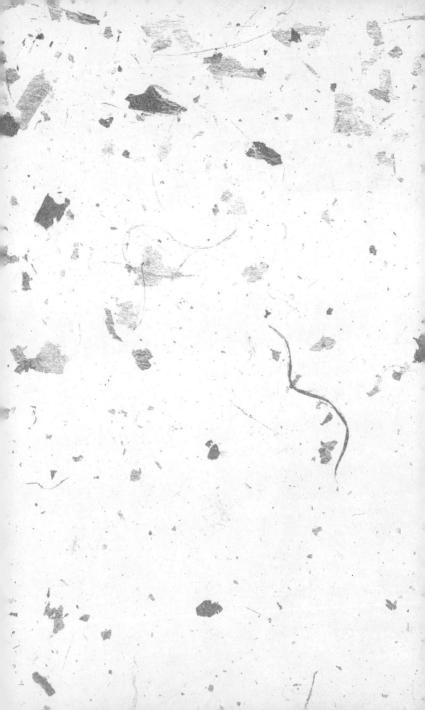

단천호가 떠난 단가장에는 평화가 찾아왔다.

단가의 가주 단무성은 간만에 오수를 즐기고 있었다.

이 얼마나 평화로운 시간이란 말인가. 지옥같이 밀려들던 업무도 이제 제자리를 찾아갔다. 총관인 육만리가 수완을 발휘하여 은퇴했던 가신들을 다시 끌어모으고 재능 있는 새 가신들을 뽑은 결과였다.

더구나 단가무쌍대가 하인을 자처하여 집안의 대소사를 해결해 주니, 어찌나 일이 수월하게 돌아가는지 가주인 그가 할 일이 없을 지경이었다.

'이럴 줄 알았다면 천호 놈을 보내지 않아도 되는 건데.'

정말 신기하게도 단천호가 집을 떠나자마자 갑자기 일이 술술 풀려 버렸다.

단천호가 재앙을 몰고 다니는 것도 아닐 텐데, 참 신기한 노릇이었다.

단무성은 품 안에 손을 넣어 두 권의 책자를 꺼냈다.

청혼신공.

무쌍검법.

세가를 떠나기 전 단천호가 주고 간 것이다.

"아버지, 이걸 정천대에 주십시오. 이미 유호대와 단가무쌍대에는 따로 무공을 주었습니다. 이것만 잘 익히면 얼마 지나지 않아 유호대와 단가무쌍대, 그리고 정천대가 단가의 삼대 세력이 될 것입니다."

사려 깊은 놈이었다.

더구나 정천대는 이 무공을 주고 단천룡의 직속 단체로 배치하라고 하지 않던가.

자신이 가지고 싶을 만도 한데 참 욕심도 없는 놈이었다.

"그런데……."

유호대는 이미 단천호의 직속부대가 되었다.

그리고 단가무쌍대도 꼴을 보니 단천호라면 벌벌 떨고

있었다.

그렇다면 단가의 삼대 세력 중 두 가지는 자기 휘하에 있고 하나는 단천룡에게 주겠다는 말이 아닌가?

"나는?"

휘이이잉―!

찬바람이 가주전 안을 스치고 지나갔다.

단무성은 자식은 키워 봤자 아무 소용없다면서 연신 혀를 찼다. 그래도 아직은 가주인데 벌써부터 뒷방 늙은이 취급을 받고 있지 않은가?

"잘 가고 있으려나."

보낼 때는 별생각 없이 보냈다지만 막상 보내고 나니 걱정이 밀려오는 것은 어쩔 수 없었다. 아무리 무공이 강하고 심계도 깊다지만 단천호는 아직 어린아이다. 적어도 단무성의 눈에는 힘이 센 어린아이에 불과했다.

'그러고 보니 천호가 열다섯이구나.'

요즘 보여 준 모습이 너무도 충격적이었고, 겉모습도 훌쩍 자라 버렸기에 실감하지 못하고 있었다.

별일없을 것이다.

단천호는 생각이 깊은 아이니까.

절대 사고를 당하지는 않을 것이다.

사고를 친다면 모를까.

"음?"

단무성이 굳이 단천호를 의천맹으로 보낸 것은 나름의 의미가 있었다.

의천맹은 각 문파들의 수장 역할을 하고 있지만 실제로는 문파들의 연합 세력이라고 보는 게 맞았다.

그렇기에 의천맹에서는 수십 개의 산하 세력 사람들을 볼 수 있었다.

사람을 만나고 친우를 사귀기에는 최고의 장소.

더구나 세가 같은 경우는 어릴 적부터 영재교육을 받기에 바빠서 친구를 사귄다거나 다른 곳으로 여행을 간다거나 하는 것은 거의 어려웠다.

그렇기에 적당한 시기가 되면 이러한 일을 맡겨 세가의 젊은이들을 서로 만나게 해 주는 것이다.

원래대로라면 소가주였던 단천룡이 갔어야 하지만 지금 단천룡은 근신하고 있는 중이기에 단천호를 보낸 것이다.

그런데 단천호라…….

"설마 애들 다 두들겨 패는 것은 아니겠지?"

단무성의 등골에 싸늘한 기운이 감돌았다.

가능성 있는 이야기다.

타 문파에 자신의 능력을 알리고 싶어 하지 않던 단천호지만 그 더러운 성질머리를 잘못 건드리면 어떤 일이 벌어질지 모른다.

더구나 세가의 자제들은 다들 자신의 가문에 대한 자부

심이 대단하기에 곧잘 오만한 모습을 보이곤 한다.

만약 그 오만함이 단천호를 향하게 된다면?

"실수다!"

단무성은 자리에서 벌떡 일어났다.

서둘러야 한다.

단천호는 움직이는 폭탄과도 같다. 쉽게 터지지야 않겠지만 한 번 터져 버리면 그 뒷감당이 쉽지 않은 것이다.

더구나 단천호의 무위가 드러난다면 모든 문파들이 단가장을 견제하려 들 것이다.

아직은 드러나서는 안 되는 패!

단무성은 결심했다.

"내가 직접 가야겠다."

단무성은 다급한 마음에 집무실 밖으로 나가려고 했다.

그런데!

콰쾅!

거대한 소음과 함께 집무실 문이 그대로 터져 나갔다.

"흠?"

단무성은 전신을 긴장시키며 부서진 문을 바라보았다.

"적인가?"

이곳은 단가장에서 가장 중심부에 위치한 가주전.

그 가주전까지 적이 침입하다니!

아무리 단가무쌍대가 금제를 당한 상태라고 해도 이런

일이 벌어질 수가 있는가?

단무성은 공력을 끌어올리며 피어오른 먼지구름이 가라 앉기를 기다렸다.

먼지구름이 걷히며 부서진 문 앞에 서 있는 한 남자가 드러났다.

"엥?"

단무성의 몸에서 기운이 쭉 빠져나갔다.

"장천이?"

그곳에는 모용장천이 잔뜩 일그러진 얼굴로 단무성을 노려보고 있었다.

모용장천은 이를 으드득 갈며 천천히 단무성에게 다가 갔다.

"무슨 일인가? 문은 또 왜 부셔!"

"으으으! 단무서어어엉!"

모용장천의 몸에서 투기가 폭사되었다.

단무성은 직감적으로 일이 터졌다는 사실을 깨달았다.

"일단 말을 해 보게! 무슨 상황인지 알아야 어떻게 대처를 할 것 아닌가!"

휙!

단무성의 발치에 무언가가 날아들었다.

"응?"

그것은 곱게 접혀진 서찰이었다.

"도전장도 아니고 이건 무슨 서찰이……"

단무성은 서찰을 주워들었다. 그리고 접혀진 서찰을 펴 읽기 시작했다.

아버지께.

한동안 단가장의 일을 도와주셔야 할 것 같아서 먼저 길을 떠납니다. 새로운 심득을 잡았는데 이런 장원 안에서는 심득을 구체화 할 수 없을 것 같습니다. 더 많은 세상을 보고 더욱 강해져서 돌아오겠습니다.

너무 걱정하실 것 없어요.

일단은 의천맹으로 갈 테니까요. 단가의 단천호 공자가 가는 길을 따라가 볼 생각입니다. 그는 강하고 제 무공의 성장에 도움을 줄 수 있는 사람입니다.

그럼 아버지 옥체 보중하십시오.

"이…… 이건……"

모용가려가 단천호를 따라갔다는 말인가?

단무성의 고개가 천천히 들렸다.

거기에는 이글이글 불타는 눈을 한 모용장천이 단무성을 뚫어져라 노려보고 있었다.

"허허…… 이게…… 그러니까."

모용세가의 차남.

다음 대의 모용세가 가주가 될 확률이 가장 높다고 평가되는 남자.

모용장천에게는 남들이 모르는 한 가지 단점이 있었다.

"자자자, 일단 흥분을 가라앉히고……."

"다아안무우서어어엉!"

"소용없나?"

그것은 모용장천이 끔찍한 팔불출이라는 사실이었다.

"감히 내 딸을 꼬셔 내! 내 이놈의 다리몽둥이를!"

"아니, 그게 천호가 꼬신 게 아니지 않은가. 가려가 천호를 따라간 것 아닌가!"

"그게 더 나빠!"

"엑?"

모용장천의 눈에서 피눈물이 흘러내렸다.

"내가 어떻게 키운 딸인데! 그런 어중이떠중이한테 걸려서! 제발 따님을 제게 달라고 사십구 일 동안 사정사정을 해도 생각해 볼까 말깐데, 감히 내 딸이 따라가게 만들어!"

단무성은 눈을 감았다.

애초부터 정혼을 위해 온 길 아닌가. 그런데 저 반응은 뭐란 말이냐.

"어차피 혼사 때문에 온 길 아닌가!"

"그거랑 이건 달라!"

"야, 이 인간아! 정신 좀 차려!"

"으허허허헝! 가려야아아아!"

단무성은 슬금슬금 뒤로 물러났다.

모용장천은 지금 눈에 뵈는 게 없는 상황. 까딱 잘못했다가는 제대로 엮일 가능성이 높았다.

그러니까 지금은 일단 달아나야 한다.

"이 단가 놈들! 가만두지 않겠다!"

"그러니까 그게 왜 그렇게 되냐고!"

"닥쳐! 우선 네놈부터다!"

"이 미친놈!"

콰쾅!

그 날 단무성와 모용장천의 승부는 양패구상이라는 결론을 남기고 끝났다.

덕분에 단무성은 의천맹으로 향하는 단천호를 막을 수 없었다.

"이렇게 혼자서 길을 가는 건 처음인가?"

단천호는 하남으로 향하는 관도를 걸었다.

과거에는 서장에서 사천으로 들어와 하남으로 향했기에 이 길은 처음 가는 길이었다.

또 과거에는 수천의 수하를 대동하고 길을 떠났었다.

지금처럼 혼자서 여행을 가는 것은 처음이다.

혼자서 떠나는 여행.

처음 걸어 보는 길.

이 모든 것들이 단천호에게는 색다른 감흥을 가져다주었다.

"자, 그럼."

단천호의 얼굴이 조금씩 음흉해졌다.

"하남에 가자마자 신양(信陽)으로 가야지. 으흐흐훗! 정말 오랜만에 술을 마음껏 먹을 수 있겠구나!"

술뿐인가. 기루에도 가서 간만에 여자도 볼 수 있을 것이다.

단천호는 처음부터 이것을 노렸다.

그렇지 않다면 미쳤다고 이 먼 길을 간다고 했겠는가? 무슨 수를 써서라도 빠져나올 자신이 있는 단천호였다.

"크흐흐. 감히 나를 부려 먹으려 그래? 다들 고생 좀 해 봐라."

등에 맨 봇짐이 묵직한 것이 특히 마음에 들었다. 이 봇짐의 무게를 늘리기 위해 단천호는 밤이슬을 맞으며 가주전으로 침입해 금고를 터는 수고를 해야 했다.

귀찮은 일이었지만 그 수확은 무척이나 짭짤했다.

"금고를 열어 보면 난리가 나겠지."

아마도 한동안은 고생 좀 할 것이다.

그래도 다 들고 나오지는 않았으니 앞으로 적당한 시간이 흐르면 복구될 것이다.

세가의 자금력이라면 대충 한 달.

그 한 달 전까지는 눈코 뜰 새 없이 바쁘겠지만 한 달만 지나면 다 복구가 될 것이다.

그리고 단천호는 여유롭게 집으로 돌아가면 된다.

단천호는 휘파람을 불며 느긋하게 걸었다.

사실 의천맹이 위치한 낙양까지는 경공을 발휘하면 길어도 사흘 내에는 주파할 수 있는 거리였다.

왕복하는 데 이레면 충분했다.

그럼에도 이렇게 일정을 길게 잡은 것은 오로지 하나를 위해서였다.

"뭐하러 빨리 가. 간만에 나왔는데 경치도 보고, 놀기도 놀고, 유람도 해야지."

애초에 딴마음을 품고 나온 것이다.

"자, 그럼 일단 신양까지 빨리 가 볼까? 오늘은 기루에 가야지. 으히히히힛!"

단천호의 얼굴에 함지박만 한 웃음이 걸렸다.

"어딜 간다구요?"

"엥?"

등 뒤에서 들려온 음성이 단천호의 산통을 깨 놓았다.

단천호는 몸을 휙 돌려 등 뒤에서 들려온 음성의 주인을 확인했다.

그곳에는 모용가려가 경장을 입은 채 봇짐을 매고 있었다.

"어?"

"왜요?"

"어디 가?"

모용가려는 싱긋이 웃었다.

"네. 의천맹으로 가요."

"돈 내러?"

"아뇨. 그런 건 아니고 볼일이 좀 있어서요."

단천호는 고개를 끄덕였다.

그녀도 모용세가의 자식인만큼 의천맹에 볼일이 있다고 해도 이상할 것 없었다.

"그래, 그럼 수고하라고."

단천호는 몸을 돌려 가던 길을 재촉했다.

"흥!"

모용가려의 볼이 부어올랐다.

"저기요!"

"저기요?"

"저기, 오라버니!"

"호? 오늘은 좀 빠른대?"

단천호의 이죽거림과는 관계없이 모용가려는 화사한 미소를 지었다.

"같이 가요."

"어?"

"어차피 의천맹으로 가는 길이잖아요."

"싫다."

"왜요?"

"내가 왜 너랑 같이 가야 되는 거지?"

"그야, 나는 약한 여자니까 오라버니가 보호해 줘야죠."

"약.한.여.자?"

단천호는 코웃음을 쳤다.

약한 여자?

그렇다. 분명 여자는 태생적으로 남성보다 약한 존재다.

그러나 지금 단천호의 눈앞에 있는 여자와 약함이라는 단어는 도무지 어울리지가 않았다.

'검후 이래로 최강의 여고수로 불리던 검봉이 약하다고?'

물론 그것은 먼 미래의 일이었지만 지금의 모용가려만 해도 어디 가서 꿀릴 실력은 아니다.

어설픈 산적이라도 만났다가는 그 날로 그 산의 산적이

씨몰살당할 수준인 것이다.

"강호는 험난한 곳이라서 여자 혼자 다니면 안 된대요."

"과연! 그렇지. 그러니 어서 집으로 돌아가."

"그래서 보통은 여자들이 돌아다닐 때는 남자들하고 같이 돌아다닌대요."

"그 남자가 더 위험할 수도 있다는 생각은 안 하는 모양이군."

"그러니까 신중하게 골라야죠."

"흥!"

단천호는 절대로 모용가려와 같이 의천맹으로 갈 생각이 없었다.

"여하튼 난 너랑 같이 갈 생각이 없으니깐 이만 헤어지자."

"왜 저하고는 같이 못 가겠다는 거죠?"

"불편하니까."

"왜 불편해요?"

"흐음……."

생각해 보니 그렇게 불편할 일도 아니었다.

남자와 여자가 같이 다닌다면 보통 불편함이라는 건 여자 쪽으로 몰려가기 마련이니까.

더구나 모용가려는 남자의 도움이 필요하지 않은 종류

의 인간이었다.

그러니 괜히 힘쓸 일도 없고 딱히 불편하지는 않은 것
이다.

하지만……

"쩌업."

그래도 여자를 놔두고 기루에 가서 노는 것은 좀 그렇
지 않은가.

누가 들으면 개소리하지 말라고 하겠지만 그래도 단천
호는 경우를 아는 남자였다.

"여하튼 몰라. 나는 같이 안 가."

"후회할 텐데요?"

"내가 왜?"

모용가려는 생긋생긋 웃었다.

"당신은 무공은 강할지 모르지만 이런 일에는 영 꽝이
군요?"

"그렇지 않아. 나는 거의 모든 분야에 재능이 없지. 이
런 일에만 꽝이라고 생각한다면 오산이다!"

"자랑이네요."

"고마워."

모용가려는 한숨을 푹 쉬더니 입을 열었다.

"여하튼 잘 들어요. 보통 세가에서는…… 젊은이들을
내보낼 때, 천리추종향을 뿌려요."

물론 원래 하려던 말은 어린애였지만 모용가려는 순간 적으로 말을 바꿨다.

"천리추종향? 아무 냄새도 안 나는데?"

"당연히 안 나죠. 사람이 맡을 수 없는 냄새니까요."

"그래? 왜 뿌리는데?"

"그래야 그 사람이 어디로 갔는지 알 수 있으니까요. 혹시 무슨 일이라도 생기면 이 넓은 중원에서 어디 가서 사람을 찾겠어요."

"과연."

분명 일리가 있는 말이었다.

"그런데 그게 무슨 상관인데?"

"정말 아무것도 모르는군요. 잘 들어요. 천리추종향은 그 사람이 지나가던 길에도 남아요. 쉽게 말하면 당신이 어느 길로 이동해서 어디에 묵고, 어떤 곳에 갔었는지 다 알아낼 수 있다는 말이에요."

"에엑?"

단천호는 기겁을 했다. 그렇다면 단천호가 기루에 간 것도 알아낼 수 있다는 말 아닌가?

만약 그 사실이 유우란의 귀에 들어가기라도 한다면?

'지옥이다.'

상상할 수 없는 일이 기다릴 것이다.

단천호는 몸서리를 쳤다.

절대 그런 일은 일어나서도 안 되고, 벌어져서도 안 된다.

"그럼 어떻게 해야 하지?"

모용가려는 그럴 줄 알았다는 듯 웃었다.

이 남자에게는 어설픈 수작은 통하지 않는다. 강렬한 한 방이 중요하다.

"저한테 천리추종향을 지울 수 있는 약이 있어요. 저를 데려간다면 그걸 뿌려 줄게요."

"거절한다."

단천호는 단호히 말했다.

"정말요?"

"당연하지!"

"그럼 천리추종향은 어쩌구요?"

"씻으면 되지."

"천리추종향은 어떤 수를 써도 한 달 이내에는 지워지지 않아요."

모용가려가 회심의 일격을 날렸지만 단천호는 여유만만한 미소를 지었다. 무공이란 이럴 때 참 편리한 것이다.

"뭐 간단하지. 향이라면 어차피 공기의 일종. 기막을 이용해서 몸 전체를 차단해 버리면 그만이지."

모용가려가 눈을 동그랗게 떴다.

이런 방법은 상상도 하지 못했다. 아니 누구도 상상할

수 없을 것이다.

대체 누가 이렇게 멍청한 방법을 생각해 낼 수 있다는 말인가?

"공기의 흐름을 막겠다구요?"

"그렇지!"

"숨은 언제 쉬구요."

"응?"

"공기가 소진되면 낙양까지 숨을 안 쉬고 갈 생각이에요?"

"에?"

"설마 목 위에 있는 그게 장식용은 아니겠죠?"

"아니라고 생각했는데 지금 보니 그런 것도 같군."

단천호는 머리를 굴렸다.

하지만 딱히 좋은 방법이 생각나지 않았다.

향을 떨칠 수 있다면 좋겠지만 향을 확인할 수 없는 단천호로서는 어떤 방법을 쓴다 해도 그 향이 떨어져 나갔는지 알 수가 없는 것이다.

"너는 방법이 있는 건가?"

"물론이죠. 약을 지우는 방법이 있어요."

"에효."

단천호는 고개를 푹 숙였다. 다른 방법이 없지 않은가?

"알았다. 같이 가자."

"잘 선택했어요."

"그 전에."

단천호는 정색을 했다.

"확실하게 해 두자. 넌 왜 나를 따라오려는 거냐?"

모용가려는 일말의 가치도 없다는 듯이 바로 말했다.

"강하니까요."

"너희 할배가 더 강할 텐데?"

"할아버지는 바쁘세요."

"나는 한가하고?"

"잘 아시네요."

단천호는 상황을 이해했다.

모용가려는 함께 여행을 하면서 단천호를 무공 지도용으로 사용할 생각인 모양이었다.

'귀찮은데.'

함께 가기로 한 이상 비무를 하자고 들러붙으면 단천호는 귀찮아서라도 빨리 한판 붙어 버릴 것이다.

단천호는 스스로를 잘 알고 있었다.

그러나 하루 한 번의 비무와 기루에 가는 것을 유우란에게 들키는 것, 둘 중 하나를 선택해야 한다면?

"같이 가도록 하지."

단천호는 일단 사는 길을 택했다.

"좋아요. 그럼 일단 천리추종향부터 제거하죠."

"빠를수록 좋지."

모용가려는 품 안에서 작은 자기병을 꺼냈다. 그리고는 단천호에게 다가가 그 안의 액체를 몸 구석구석에 골고루 뿌렸다.

"독은 아니겠지?"

"독 쓰면 중독은 되나요?"

"나도 사람이니까."

"좋은 걸 알았네요."

"해독은 언제든 가능해."

"그건 좀 안타깝네요."

모용가려는 정말로 안타까운 표정을 지었다.

'나한테 원한이라도 있나?'

없는 게 더 이상했지만 단천호는 그런 사실을 몰랐다. 세상은 단천호를 중심으로 돌아가는 것이다.

"자, 끝났어요. 그럼 출발하죠!"

"신 났구먼."

"야호!"

그렇게 단천호에게 일행이 하나 추가되었다.

단천호는 울상이 되었다.

역
천
도

그 이유는 모두 지금 옆에서 걷고 있는 모용가려 때문이었다.

처음 봤을 때의 말 없고 도도해 보이던 모습은 모두가 가식이라는 것을 알아 버렸다.

지금의 모용가려는 참새보다 지저귀기를 좋아했다.

"그러니까요. 제가 그때, 검을 들고 딱 말하기를……."

그리고 잔소리를 밥 먹듯이 했다.

"아니, 제가 그때 분명히 코 닦고 옷에 문지르지 말라고 했잖아요. 내가 정말 더러워서. 왜 그러고 살아요!"

심심할 때마다 한 번씩 화를 냈다.

"아악! 그쪽 길이 아니라니까요!"

그중에서 가장 큰 문제는 고집이 쇠심줄마냥 질기다는 사실이었다.

단천호는 고개를 설레설레 저었다.

"그러니까……."

주위에 보이는 것은 모두가 산이요, 나무였다.

"왜 멀쩡한 관도를 놔두고 이 산길로 가야 하는 거지?"

"관도로 가면 돌아간다니까요."

"아니, 그게……."

"잠자코 따라와요! 이 길이 지름길이라니까!"

단천호는 하늘을 바라보았다.

'더럽게 푸르구나.'

하늘은 빌어먹게도 푸르렀다. 그리고 단천호의 마음도 푸르게 멍들고 있었다.

'여자는 전부 요물이라더니 그 말이 맞았어!'

이럴 줄 알았으면 죽어도 같이 간다고 하지 않았을 것이다.

차라리 천리추종향인지 뭔지 때문에 어머니께 걸리는 게 나았다.

멀쩡한 관도를 놔두고 산길로 가는 바람에 벌써 사흘째 민가라고는 구경도 못 하지 않았는가!

"그러니까. 객잔 가서 여독이라도 풀고."

"여독은 무슨 여독이에요. 이제 겨우 사흘쨴데. 무인은 한 달 보름이고 전투만 거듭해도 불평하지 않고 피곤한 줄 몰라야 한다는 게 할아버지 말씀이에요."

'그 미친 노인네가!'

모용천세가 이 모든 일의 원흉이었다.

'가만두지 않겠다!'

단천호는 언젠가 모용천세를 만나면 반드시 뒤집어엎어 버리겠다고 다짐했다.

하지만 이내 그 결심도 흐려질 수밖에 없었다.

'안 돼. 모용천세는 몰라도 그 노마물이 튀어나오면 개 맞듯이 맞을 거야.'

무려 모용가려의 증조할아버지.

이름도 모르는 그 노마물과 지금 붙는다면 단천호는 채 백 초를 못 버티고 개 맞듯이 맞게 될 가능성이 높았다.

　광륜을 쓴다고 해도 그 무지막지한 내공을 바탕으로 뿜어져 나오는 검강을 감당할 수 있을지 의문이었다.

　물론 단천호의 내공도 만만하지는 않았다.

　환골탈태로 모아진 정순한 내공이 역혈을 바탕으로 뿜어져 나오면 그 기세는 보검과도 같다. 어떤 상대라도 일격에 베어 버릴 수 있는 보검!

　문제는 노괴물의 내공은 성벽과도 같다는 것이다.

　최소한 백 년 동안 공들여 쌓은 무적의 성벽!

　보검을 들고 성벽을 부순다? 정신이 나가지 않고서는 시도하지 않을 일이다.

　물론 단천호의 정신은 멀쩡했다.

　'역시나 내공이 부족해.'

　단천호의 내공은 탈태를 했던 시간에 비해 아주 조금 늘어 있었다.

　그래도 그 짧은 시간 동안에 눈에 보일 만큼 내공이 늘었다는 것은 굉장한 사실이었다.

　하지만 단천호는 절대 만족할 수 없었다. 삼 갑자의 내공을 가지고 있던 단천호다. 그런 단천호가 어떻게 겨우 십 년 내공으로 만족할 수 있겠는가.

　'이 기세라면 앞으로 십 년 이내에는 한 갑자의 내공을

쌓을 수 있다. 그리고 이십 년 이내에는 이 갑자의 내공을
쌓을 수 있겠지.'

그것만 해도 전무후무한 속도였다.

하지만 부족했다.

과거 삼 갑자의 내공으로도 혈선을 이길 수 없었다.

그 삼 갑자의 내공 중 이 갑자의 내공은 혈선이 준 영
단으로 만들어 낸 것이다.

그런데 이 갑자의 내공으로 혈선을 상대할 수 있을까?
내공이 절대적인 것은 아니라지만 아마도 필패일 것이다.

무공은 많이 나아졌다지만 단천호는 아직도 혈선의 진
정한 무위를 짐작조차 할 수 없었다.

확실한 것은 하나.

당시의 단천호와 오제가 동시에 달려들어도 혈선을 감
당할 수 없었을 것이다. 가끔 보여 주는 기세가 그것을 짐
작케 했다.

'뭐 아직 이십 년은 더 남았으니까.'

방법은 천천히 강구해 보면 된다.

"뭔 생각을 그렇게 해요?"

"어떻게 하면 너와 떨어져서 갈 수 있을까 하는 생각."

"남자가 한 입으로 두말하는 거예요?"

"아니. 한 머리로 두 생각을 하고 있는 중이지."

"그게 가능해요?"

"넌 안 되냐?"

"아뇨. 당신은 안 될 줄 알았거든요."

이걸 때릴까?

단천호는 처음으로 진지하게 고민했다.

하지만 적당한 화풀이 대상이 나타났기에 그 생각을 거둘 수 있었다.

"흐흐흐. 멈춰라."

단천호와 모용가려 앞에 십여 명의 괴인들이 나타났다.

"음?"

"어라?"

단천호와 모용가려는 동시에 탄성을 질렀다. 괴인들은 전원이 커다란 호피로 몸을 두르고 있었다. 거기에 덥수룩한 수염까지!

"직업 정신이 투철한 놈들이로군."

"정복(正服)을 입었군요."

당연히 나타난 괴인들은 산적이었다.

"우리는 대호채(大虎寨)의 호걸들이다."

산적들은 커다란 대감도를 들고 위협적으로 칼을 휘둘렀다.

물론 단천호와 모용가려에게는 전혀 위협이 되지 않았다.

"대호채라……. 역시나 옷과 잘 맞는 이름이군."

"저런 호피를 일일이 장만하는 것도 쉬운 일은 아니겠죠?"

"호피? 네가 산적이면 진짜 호피를 입고 다니겠냐? 그거 팔면 돈이 얼만데. 그만 한 돈이 있는 놈들이 산에서 산적질이나 하겠어? 저거 다 짝퉁이야. 대충 염색해서 털만 가져다 붙인 거지."

단천호의 말에 산적들이 찔끔했다.

"에이, 돈이 많아도 산적질이 편하니까 산에서 사는 걸 수도 있죠."

"산적질이 편해? 여기서 곡식이라도 좀 사려면 어디까지 가야하는 줄 알아? 돈 많으면 마을에서 떵떵거리며 살지 뭐하러 이런 짓을 하겠어."

"하긴……. 알고 보니 불쌍한 사람들이네요."

모용가려는 연민 섞인 눈으로 산적들을 바라보았다.

그렇게 대호채의 호걸들은 순식간에 불우 이웃으로 변모했다.

"이것들이 사람을 앞에 두고!"

단천호가 모용가려의 귀에 속삭였다.

"거 봐. 아니라고는 안 하잖아. 얘들 되게 가난해."

모용가려는 알았다는 듯 고개를 끄덕였다.

"크아아악!"

산적은 모용가려의 눈빛을 보고는 광분해 소리쳤다.

"닥쳐! 니들이 뭘 알아!"

하지만 모용가려는 다 이해한다는 듯한 눈빛을 보내고는 단천호를 보고 말했다.

"그럼 그냥 밥이나 좀 사 먹으라고 돈 좀 주고 갈까요?"

"좋은 방법이군."

단천호가 품을 뒤적뒤적 거리더니 뭔가를 꺼내 던졌다.

쩽그랑!

쩔그렁도 아니고 쩽그랑이었다.

바닥에 엽전 한 닢이 소담스레 그 자태를 뽐냈다.

"나는 마음이 너무 좋아서 탈이라니까."

"이럴 때 선행을 하면 나중에 다 돌아온데요."

산적들의 얼굴이 슬슬 달아올랐다. 산적질을 개시한 이후로 이런 손님들은 맹세코 처음이었다.

"으아악! 좋게 돈만 뺏고 보내려고 했더니 니들이 명을 재촉하는구나! 살려 두지 않겠다!"

분노하여 소리치는 산적의 모습은 과연 위협적이었다.

그러나 상대가 너무 나빴다.

"저렇게 소리치니까 꼭 곰 같은데?"

"사람 보고 곰이라고 하면 안 돼요."

"그럼? 딱 곰이잖아."

"음…… 뭐, 그건 그렇네요."

산적들은 조금 이상한 느낌을 받았다.

아무리 그래도 산에서 산적을 만난 사람들치고는 너무나도 태연했다.

'혹시?'

산적들은 상대가 무인일지도 모른다고 생각했다. 하지만 그들은 믿는 구석이 있었다.

"흐흐흐. 네놈들이 재주가 조금 있다고 겁이 없구나. 오늘 하늘 위에 하늘이 있음을 보여 주지."

단천호는 피식 웃었다.

"하늘 위에 하늘이 있으면 그 하늘은 하늘이 아니냐?"

산적들은 당황했다.

"그게 무슨 소리냐?"

단천호는 잠시 심각하게 고민하는 듯하더니 진지한 얼굴로 모용가려를 돌아보고 말했다.

"내가 뭔 소리를 한 거지?"

모용가려는 한숨을 푹 내쉬었다.

"그냥 말하지 마세요."

"그러지."

산적들은 끝까지 농락을 당했다는 생각에 화가 머리끝까지 뻗쳤다.

챙! 챙!

여기저기서 대감도가 뽑히는 소리가 났다.

모용가려는 여유로운 얼굴로 검을 뽑았다.

"제가 상대할 게요."

단천호는 고개를 끄덕이며 뒤로 살짝 물러났다.

"흥! 치마 입은 계집이 감히 나를 상대하겠다는 거냐!"

"……계집한테 한번 맞아 볼래요?"

모용가려의 검이 천천히 앞을 겨누었다.

"내가 계집 따…… 헉!"

산적이 뭔가 입을 열기도 전에 모용가려의 검이 쾌속하게 날아들었다.

산적은 황급히 대감도를 들어 모용가려의 검을 막았다.

챙!

날카로운 금속음이 울려 퍼졌다.

"어? 막았네?"

모용가려는 고개를 갸웃했다.

아무리 자신이 별생각 없이 대충 휘두른 검이라고 해도 일개 산적이 막아 낼 수준은 아니었다.

'이상하단 말이야.'

요즘 자신이 부쩍 약해진 것만 같은 생각이 들었다. 모용세가에 있었을 때는 항상 천재라는 소리만 듣고 살았는데 단가에 온 이후로는 단천룡에게 호되게 당할 뻔했고, 단천호라는 진짜 천재가 있다는 것도 알았다.

그것도 모자라서 이제는 산적이 자신의 검을 막는다?

모용가려의 눈이 독해졌다.

"이것도 막아 보시지!"

모용가려의 검이 화려하게 산적의 몸 곳곳을 찔러 들어가기 시작했다.

"자…… 잠깐!"

산적은 뒤로 물러나며 간신히 모용가려의 검을 막아 냈다. 금방이라도 피를 뿌릴 것 같았지만 용케도 막아 내고는 있었다.

상황이 이렇게 되니 부아가 치미는 것은 모용가려였다. 열 명의 산적을 동시에 상대하는 것도 아니고 겨우 한 명인데 이렇게 시간을 끌다니.

모용가려의 눈이 차가워졌다.

모용가려의 검이 천천히 흔들리기 시작했다.

진심으로 모용가의 천류섬광검을 전개하려는 것이다.

그리고 이어진 검식은 단천호도 익히 본 초식이었다.

'천류분광? 진심으로 할 셈인가?'

단천호는 흥미롭게 돌아가는 사태를 가만히 주시했다.

저 산적들은 뭔가 심상치가 않았다. 어설픈 칼질이지만 모용가려의 검을 저렇게 막아 낼 수 있다는 것 자체가 보통 실력은 아니라는 증거다.

'더구나 저놈, 분명 어디선가 본 것 같은데.'

단천호가 골머리를 썩을 동안에도 상황은 급박하게 진

행되고 있었다.

모용가려의 검이 십여 개의 잔영을 만들며 사방에서 동시에 산적의 몸을 찔러 들어갔다.

"허억!?"

지금까지는 용케 막았지만 느려 터진 산적의 도로는 천류분광을 감당할 수 없었다.

천류분광의 검영들이 산적의 몸을 동시에 찔러 들어갔다.

까앙!

그러나 의외의 일이 벌어졌다.

산적의 몸을 찌른 검이 살을 파고들지 못하고 금속음을 터뜨리며 뒤로 튕겨 나 버린 것이다.

"에엣?"

모용가려는 당황하여 뒤로 훌쩍 물러났다.

"세상에!"

검기 섞인 검을 몸으로 받아 내다니. 이런 무공도 있단 말인가?

산적은 음흉한 미소를 짓더니 대감도를 잡아 뒤로 던져 버렸다.

"흐흐흐. 꽤 하는군. 이제부터는 진짜로 상대해 주지."

"대체 무슨 수작을 부린 거죠?"

"수작? 웃기는 소리군. 이 몸의 대력금강공(大力金剛

功)은 그런 말로 표현할 수 있는 것이 아니다!"

그 순간 단천호의 머릿속에 스쳐 지나가는 것이 있었다.

단천호는 자신도 모르게 손벽을 쳤다.

"대력금강공! 거력패웅(巨力覇熊) 서욱(鉏旭)!"

분명 과거의 기억에 있던 자다.

아니 기억에 있는 정도가 아니라 단천호가 직접 손을 섞기도 했다.

그런데도 이렇게까지 기억을 해내지 못한 이유는 단 하나 때문이었다.

'녹림왕이었던 놈이 여기서 산적질을 하고 있을 줄이야!'

과거 그가 만났던 서욱은 녹림십팔채의 제왕인 녹림왕이었다. 그런 자가 이런 인적 드문 산에서 산적질을 하고 있으니 연관을 지을 수 있을 리가 있나!

게다가 정말 이상한 점이 있었다.

'더럽게 약해!'

과거의 녹림왕은 단천호가 혈륜도 꺼내지 않을 수준이었으니 굉장한 고수라고 할 수는 없지만 일반적인 기준으로 보면 엄청난 고수인 것은 틀림없었다.

특히 초식이나 기의 운용은 삼류나 다름없었지만 엄청난 내공을 바탕으로 몰아치는 공격은 일품이었다.

노괴물에게는 미치지 못하지만 적어도 당시의 단천호를

상회하는 내공을 지니고 있었다.

그런데 지금 눈앞에 있는 서욱은 정말 보잘것없었다.

'운용도 꽝이고, 초식도 꽝인데다, 내공까지 꽝이다?'

그럼 과거의 서욱이 가지고 있었던 그 엄청난 내공은 다 어디서 나온 것이란 말인가?

지금 서욱이 가지고 있는 내공은 잘 봐줘도 반 갑자 수준. 겨우 이십 년 만에 삼 갑자가 넘는 내공을 만들어 낸다고?

절대 불가능했다.

"크흐흐. 그래. 이 몸이 서욱 나으리시다. 그런데 그 앞에 붙은 말은 뭐냐? 거력패웅? 크하하하핫! 완전히 이 나으리를 위해서 준비된 별호렷다? 네놈은 정말 마음에 드는군. 내 특별히 네놈은 살려 주마!"

단천호는 혀를 찼다.

"지랄을 하세요."

"뭐라고! 이놈! 내가 특별히 온정을 베풀려고 했더니! 네놈은 발기발기 찢어 죽여주마!"

"아, 예."

단천호는 흥미를 잃었다는 듯, 모용가려에게 처리하라는 고갯짓을 했다.

하지만 모용가려는 당황한 얼굴로 단천호를 바라보았다.

"왜?"

"어떻게 해요?"

"뭘?"

"검이 안 들어가요!"

모용가려는 정말 당황한 얼굴이었다. 그도 그럴 것이 검기 어린 검으로 찔러도 멀쩡한 놈을 무슨 수로 상대하라는 말인가?

단천호는 고개를 땅에 박을 듯이 숙이고 깊은 한숨을 내쉬었다.

"내가 너랑 만난 이후로 한숨이 는다."

"그러지 말고 대처법 좀 가르쳐 줘요. 조문이라던가!"

"예. 여부가 있겠습니까."

"크하하핫! 소용없다! 이몸의 대력금강공은 철포삼이나 금종조 같은 저급한 외공과는 차원이 다르다. 조문 따위는 애초에 존재하지도 않는단 말이다!"

단천호는 고개를 끄덕였다.

"확실히 대력금강공은 눈알까지도 단련해 버리는 가공할 무공이지."

"그럼 약점이 없다는 말이에요?"

"응. 아마 그럴걸? 저건 내가중수법도 안 먹혀."

"그럼 방법이 없잖아요."

"뭘 방법이 없어. 그냥 베어 버려."

"약점이 없다면서요!"

"그래! 특별히 약한 부분은 없다니까! 그러니까 그냥 통째로 베어 버리면 된다고."

모용가려는 답답해 미칠 지경이었다.

"검이 안 들어간다니까요!"

하지만 단천호는 한심하다는 얼굴로 모용가려를 바라볼 뿐이었다.

"시험이나 해 봤나?"

"방금 했잖아요."

단천호는 하늘을 바라보았다. 새로 태어난 것까지는 참 좋았는데 자꾸 어린애를 걸음마부터 다시 가르치는 기분이 든다.

'에효. 다 내 복이지.'

"너 쇠 베어 봤어?"

"네."

"베어지든?"

"베어지죠!"

단천호는 고개를 끄덕였다.

"그럼 너 쇠 벨 때, 천류분광으로 찔렀냐?"

"……."

"한 점에 힘을 모아서 벤 거 아냐?"

"그…… 그렇죠."

"자, 생각을 해 봐! 저놈의 전신은 쇠처럼 단단해. 네

검과 강도는 별 차이가 없을 거야. 아니 훨씬 더 단단하겠지. 그런 놈을 베는데 힘을 여러 곳에 분산한 다중 찌르기가 통하겠냐?"

"……아뇨."

"정신을 모으고 단번에 갈라. 지금 너라면 할 수 있어."

모용가려는 고개를 끄덕이고는 정신을 집중했다.

처음 쇠를 베려고 했을 때의 마음가짐. 모든 힘을 한 곳에 모아서 일순간 베어 낸다.

"흐흐흐. 그런다고 내 몸에 상처 하나 만들어 낼 수 있을 것 같으냐!"

서욱은 광소를 터뜨리며 모용가려에게 달려들었다.

모용가려는 서욱이 달려드는 것을 보고도 움직이지 않았다.

"죽어라!"

서욱이 강하게 일 권을 떨쳐 냈다.

커다란 서욱의 주먹이 모용가려를 향해 날아갔다.

대력금강공은 공방일체의 무공. 몸 안을 도는 기운이 모든 공격을 막아 내고, 쇠보다 단단한 주먹은 모든 것을 파괴해 내는 무공이었다.

대력금강공이 잔뜩 실린 서욱의 주먹은 가공할 파공음을 내며 모용가려에게 날아들었다.

모용가려는 서욱의 주먹이 사정거리 안에 들어올 때까

지 기다리고 또 기다렸다.

"차압!"

그리고 서욱의 주먹이 검의 반경 안에 들어오자 기합성과 함께 날아오는 서욱의 주먹을 향해 검을 휘둘렀다.

콰앙!

커다란 폭음이 터졌다.

모용가려는 반동을 이기지 못하고 뒤로 삼 장이나 날아갔다.

하지만 겨우겨우 균형을 잡아 착지에 성공했다.

반면에 서욱은 그 자리에서 주먹을 뻗은 채로 굳건히 서 있었다.

뚝. 뚝.

서욱의 주먹에서 한 방울 한 방울 피가 떨어지기 시작했다.

이내 쩍 소리와 함께 서욱의 주먹이 갈라져 허연 뼈를 드러냈다.

"으아아아악!"

서욱이 깊게 베인 주먹을 움켜잡고 비명을 질렀다.

그도 그럴 것이 대력금강공을 익힌 이후로 상처를 입어본 적이 없기에 서욱은 고통과는 거의 담을 쌓고 살고 있었다.

이게 대체 얼마 만에 느껴 보는 고통이겠는가.

서욱은 주먹을 움켜쥐고 데굴데굴 굴렀다.

"아아아악! 내 손!"

"채주님!"

"괜찮으십니까!"

지금까지 지켜보기만 하던 산적들이 우르르 몰려나와 서욱을 감쌌다.

"이놈들! 감히 채주님을!"

"크으으. 기다려라!"

산적들 사이로 서욱이 몸을 일으켰다.

"감히 내 몸에 상처를 내다니, 살려 두지 않겠다!"

서욱은 분노하여 외쳤다.

모용가려는 어느새 단천호의 옆으로 와 고개를 갸웃거렸다.

"완전히 베어지지는 않네요."

"집중이 부족해서 그래."

서욱이야 화가 나든 말든 단천호와 모용가려는 여유만만이었다.

"그런데 궁금한 게 있어요."

"음?"

"검사는 베어 버리면 된다고 해도, 권사는 어떻게 해야 하나요? 쇠보다 단단한 몸뚱이인데 권이 통할까요?"

"흠……."

단천호는 무슨 말인지 알겠다는 듯 고개를 끄덕였다.

"비무 한 번으로 치는 거다."

"치사해요."

"싫으면 말던가."

"알았어요. 오늘 비무 대신으로 하죠."

"좋아."

단천호가 천천히 앞으로 나섰다.

서욱은 황당하기 그지없었다. 웬 어린 계집에게 당한 것도 억울한데, 이제는 허여멀건 얼굴의 샌님 같은 종자가 자신에게 다가오고 있었다.

"이런 빌어먹을 것들이!"

서욱이 분노하여 단천호에게 달려들었다.

단천호는 달려오는 서욱에게 눈길조차 주지 않고 모용가려를 보며 설명했다.

"대력금강공은 일종의 기공이야. 전신을 기공으로 가득 채워서 충격을 방비하고 공격도 하는 공방일체의 무공이지. 이론만이라면 무척 완벽한 무공이지만……."

서욱이 단천호에게 강렬한 일격을 날렸다.

텁!

폭음도 굉음도 터지지 않았다.

서욱의 손은 단천호의 손에 그대로 잡혀 버렸다.

"일단 뭐 깨는 방법은 검기나 도기로 베는 법 이외에

도."

단천호의 손이 하얗게 빛나기 시작했다.

"더 강한 힘으로 기공 자체를 박살내 버리면 그만이
지."

우드드득!

뼈 소리와 함께 서욱의 손이 그대로 으스러졌다.

"으아아아악!"

서욱은 고통에 기겁하며 몸을 벌벌 떨었다.

모용가려는 그런 서욱의 모습에 눈살을 찌푸리다가 불
현듯 생각난 것을 말했다.

"그런데 그건 내가 상대방보다 강해야 한다는 것이 전
제잖아요."

"그렇지?"

"그럼 내가 더 약하다면 상대할 수 없단 말인가요?"

"꼭 그렇지는 않아."

단천호가 서욱의 목을 잡아당겼다.

"히이익!"

"안 죽일 테니까 가만히 있어 봐."

"……."

서욱은 입을 다물었다.

눈앞의 이 샌님 같은 인간은 뭔가 달랐다. 앞의 여자와
는 차원이 다르다. 그의 대력금강공을 눈 하나 깜빡하지

않고 완력만으로 부셔 버렸다.

서욱은 이런 자가 마음만 먹는다면 자신쯤은 언제든지 죽일 수 있다는 사실을 알고 있었다.

이럴 때는 잠자코 말을 듣는 게 나았다.

"제일 간단한 방법은 이거지. 인간의 육체는 진짜 쇠와는 다르게 충격이 누적되기 마련이거든. 그러니 한 부분을 집중해서 깨는 거지."

단천호가 주먹을 쥐더니 서욱의 이마를 내리쳤다.

퉁!

눈을 찔끔 감았지만 생각보다 그렇게 아프지는 않았다.

그러나 그것은 서욱의 오산이었다.

한두 번 톡톡 때리는 시늉을 하던 단천호가 갑자기 수십 번의 주먹을 연달아 서욱의 이마에 꽂아 버렸다.

퍼퍼퍼퍼퍽!

동일한 강도로 내리쳐지는 주먹.

처음에는 아무렇지도 않더니 마지막 주먹쯤에는 두개골이 깨져 버릴 것 같은 충격이 들었다.

"아이고오!"

서욱은 이마를 감싸고 데굴데굴 굴렀다.

"그것도 쉽지는 않네요."

"쉬운 방법이 하나 더 있지."

"그게 뭐예요?"

"치고 빠지기. 대력금강공 같은 기공은 전신에 항상 기공을 유지하기 때문에 힘은 가공할 정도로 강해지고 상대의 공격도 받아넘기지만 기공 자체가 방어에 특화되어 있기 때문에 속도가 느려."

모용가려는 자신의 검에 허우적대던 서욱을 떠올렸다.

"그렇네요."

"그러니까 적당히 경공을 이용해서 치고 빠지면서 한 군데를 노리면 되는 거야."

"그래도 어렵네요."

단천호는 모용가려를 보며 피식 웃었다.

서욱은 적어도 모용가려보다 두 배 이상의 인생을 살았을 것이다. 그런 자와 대등한 싸움을 해 놓고 저렇게 불만 어린 얼굴이라니. 참 욕심이 많은 여자다.

하기야 그러니까 비무를 하겠다는 욕심만으로 자신을 따라나섰겠지만.

"음. 그럼 이놈들을 어떻게 할까."

단천호는 고민에 빠졌다.

서욱은 이미 전의를 상실하고 바닥에 주저앉아 있었다. 그리고 서욱 뒤에 있던 산적들은 모두가 무릎을 꿇은 상태였다.

서욱을 가지고 노는 단천호의 모습에 재빠르게 사태를 파악한 것이다.

"관아에 넘기죠?"

"이놈을? 그 관아 뇌옥을 금강석으로 만든 모양이군."

"그럼 죽여요?"

모용가려의 말에 산적들이 흠칫 몸을 떨었다.

뭔 놈의 여자가 그런 말을 저리도 쉽게 한다는 말이냐.

"그럴까?"

산적들의 고개가 일제히 단천호에게로 돌아갔다.

이놈도 만만찮은 놈이었다.

"에이, 그래도 살려 주죠. 불쌍한데."

산적들의 고개가 맹렬히 끄덕여지기 시작했다.

그런 산적들의 모습을 보며 웃던 모용가려의 눈이 사악
하게 빛났다.

"대신 무공은 폐하구요."

산적들의 얼굴이 일제히 울상이 되었다.

그들은 자포자기한 심정으로 서욱에게 원망을 털어놨다.

"그러니까 왜 남의 구역에는 들어와 가지고!"

"오지 말자고 했잖습니까!"

서욱은 비통한 표정으로 고개를 숙였다.

"음? 여기 니들 영업장 아니냐?"

서욱은 맹렬히 고개를 저었다.

"아닙니다, 대협. 저희는 이 동네에 오늘 처음 오는 것
입니다!"

"그래?"

"예! 정말입니다. 믿어 주십시오! 저희는 이 동네에서 한 번도 영업을 한 적이 없습니다. 오늘이 처음입니다."

"그럼 뭐하러 여기까지 왔어?"

"그게……."

서욱은 한참 동안 망설이다가 겨우 입을 열었다.

"사실은 제가 얼마 전에 술 취한 노인 한 분을 구해 준 적이 있는데, 그분이 이 산 꼭대기에 있는 연못에서 만년 화리(萬年火鯉)를 봤다고 해서 잡으러 왔습니다."

단천호와 모용가려의 얼굴이 동시에 멍해졌다.

그러나 둘의 표정이 변한 데는 서로 이유가 달랐다.

모용가려는 서욱의 말이 황당하기 그지없어서 멍한 표정을 지은 것이다.

"장난해요? 이 산에 만년화리가 산다구요?"

"그게…… 저도 지푸라기라도 잡는 심정으로……."

그러나 단천호의 표정이 바뀐 이유는 달랐다.

머릿속에서 풀리지 않던 문제가 하나의 답을 도출해 냈다.

'무공에 비해 비상식적으로 강하던 과거 서욱의 내공. 그리고 내공이 약한 지금의 서욱. 마지막으로 만년화리!'

단천호의 머릿속에서 결과가 나왔다.

'대박이다!'

거력패옹 서욱이 일개 산채의 주인에서 갑자기 녹림왕 수준의 고수로 탈바꿈한 데는 이유가 있었던 것이다.

이런 기회가 단천호에게 찾아오다니! 그것도 한참 내공 부족 때문에 골머리를 싸매지 않았던가!

단천호는 기뻐서 춤이라도 추고 싶은 심정이었다.

"만년화리라니, 그게 말이나 되는 소리예요?"

"크크. 그럼. 말이 안 되지. 크흐흐흐흐."

"애초에 만년화리라는 건 몸집이 커서 커다란 강이 아니면 살 수도 없다고 했어요. 그런데 이런 산에 있을 리가 없잖아요."

"그렇지! 이런 산에 있을 리가 없지. 허허허허허."

모용가려는 맞장구를 치는 단천호를 이상한 눈으로 바라보았다. 맞장구를 치고 있기는 한데 어투가 이상했다.

단천호는 모용가려의 눈을 보고 찔끔해서 고개를 돌렸다.

"여하튼 그래서 이 산에 온 것입니다. 한 번만 살려 주십시오. 살려만 주신다면 산적 일은 접고 앞으로 착하게 살겠습니다."

"안 돼!"

단천호의 입에서 일갈이 터져 나왔다.

서욱은 커다란 눈에서 눈물을 글썽거리며 단천호의 바짓가랑이를 잡고 늘어졌다.

"대협! 한 번만 살려 주십시오!"

단천호는 근엄한 표정으로 고개를 저었다.

"네 말은 들어줄 수 없다."

"대협!"

"죽일 생각이에요?"

서욱과 모용가려의 말에도 단천호는 눈 하나 깜빡하지 않고 당당히 말했다.

"산적을 그만두다니! 절대 허락할 수 없다! 너는 대산적이 되어야 한다! 녹림왕이 되어야 한다는 말이다!"

모두가 멍해졌다.

녹림왕이라니? 이게 무슨 지나가던 개가 웃을 소리란 말인가.

"푸흡!"

모용가려가 헛웃음을 터뜨렸다.

"에이, 사람 가지고 놀면 안 돼요. 죽일 생각이 아니면 이쯤에서 무공을 폐하고 보내 주죠?"

"무공을 폐하다니! 이놈은 녹림왕이 되어야 한다니까!"

"예?"

모용가려는 황당하기 그지없었다.

장난이 아니었단 말인가?

"왜요?"

"그래야 덜 틀어질 테니까."

"그게 무슨 말이에요?"

"들어 봤자 모를 거야."

단천호는 모용가려의 시선을 깔끔하게 무시하고는 서욱을 향해 고개를 돌렸다.

"일어나라."

"예?"

"빨리!"

"예!"

서욱은 그 자리에서 벌떡 일어났다.

단천호는 서욱의 단전에 손을 가져다 대었다.

"대…… 대협! 제발 무공만은!"

"운기해라."

"……예?"

"대력금강공을 운기하라고."

"……."

서욱은 상황은 몰랐지만 시키는 대로 하지 않을 수 없었다.

서욱이 천천히 대력금강공의 기운을 전신으로 돌리기 시작했다.

단천호는 눈을 감고 서욱의 몸에 흐르는 기운을 느꼈다.

"흠……."

단천호가 서욱의 몸에서 손을 뗐다.

"간단한 방식이군."

"대협, 대체……."

"잘 봐라."

그 순간 단천호의 몸에서 새하얀 기운이 뿜어져 나오기 시작했다.

"허억!"

단천호의 몸에서 뿜어져 나온 새하얀 기운이 단천호의 전신을 감싸고돌기 시작했다.

"이게 대력금강공이지."

전신을 타고 돌던 새하얀 기운이 점점 압축되더니 단천호의 피부에 바짝 달라붙어 버렸다.

그러자 마치 단천호는 전신을 새하얀 천으로 두른 듯한 모습이 되어 버렸다.

"일부러 밖으로 빼기는 했지만 원리는 같다. 네 몸 안에서 기운이 이런 식으로 돌고 있는 거지. 이 기운이 상대의 공격을 막고 공격 시에는 상대의 육신을 파괴한다. 맞지?"

"예……."

서욱은 도무지 믿을 수가 없었다.

지금 눈앞에서 단천호가 보여 주고 있는 것은 대력금강공 그 자체였다. 기가 흐르는 길이 조금 다르기는 하지만 그 원리는 완전히 똑같다고 할 수 있었다.

어떻게 저걸 단번에 따라할 수 있다는 말인가?

"놀랄 것 없어. 나는 이걸 유지하지는 못해. 그냥 보여주기용으로 잠시 만든 거야."

서욱은 고개를 끄덕였다.

그렇다고는 해도 놀라운 것은 사실이었다.

"자, 그럼. 잘 봐라."

새하얗게 변한 단천호가 손을 앞으로 내밀었다.

"대력금강공의 기운은 처음부터 끝까지 하나로 이어져 있다. 즉 거대한 실로 칭칭 감는다는 느낌이지. 그렇다면 그 흐름 중 하나를 일부러 막으면 어떻게 될까?"

단천호의 손끝에서 기운이 뭉치기 시작했다.

"손끝에서 막힌 기운은 더 앞으로 나아가지 못하고 거기에 머무르게 된다. 그럼 뒤에 온 기운이 계속 거기에 쌓이겠지. 결국에는 전신의 모든 대력금강공이 한 곳에 모이게 된다."

단천호의 육신이 점점 드러났다. 육신을 둘러쌌던 새하얀 기운이 손끝에 모두 모였다.

"이걸 한 번에 방출하게 되면 어떻게 될까?"

단천호가 기운이 모인 손을 뒤로 슬쩍 뺐다가 단번에 앞으로 쭉 내밀었다.

콰아앙!

커다란 폭음과 함께 숲 한쪽 구석이 그대로 무너져 내

렸다.

눈으로 보고도 믿지 못할 위력이었다.

"대…… 대협!"

서욱은 놀란 눈으로 단천호를 돌아보았다.

"이건 대력금강공으로 펼친 것이 아니라서 제 위력을 내지 못한다. 하지만 대충 원리는 알 거다."

"……예."

"단, 이 기술을 쓸 때는 전신의 대력금강공이 사라진다. 그게 무슨 뜻인지는 알지?"

"상처를 입겠군요."

"그렇지. 적당히 상황을 봐서 사용해야 할 거야."

단천호는 빙그레 웃으며 말했다.

"자, 그럼 가 봐."

"예?"

"왜? 무공을 폐할까?"

"아…… 아닙니다!"

서욱은 재빠르게 포권을 하고는 뒤도 돌아보지 않고 부리나케 달아났다.

그런 서욱의 뒤를 따라 다른 산적들도 모두 꽁지가 빠져라 도망을 쳤다.

"대협!"

멀리서 서욱의 목소리가 들려왔다.

"이 은혜는 잊지 않겠습니다!"

단천호는 슬쩍 웃고는 손을 탁탁 털고 다시 걸어가기 시작했다.

그러나 모용가려는 도통 이 상황을 이해할 수 없었다.

"왜 그런 거예요?"

"음?"

"왜 그 사람에게 무공을 가르쳐 줬죠? 방금 그거 굉장한 상승 무공 아니에요?"

"가르쳐 준 거 아냐."

"그럼요?"

"거래한 거지."

모용가려의 볼이 부어올랐다.

이 남자는 이야기하면 이야기할수록 사람의 머리를 복잡하게 만드는 재주가 있었다.

"뭘 거래했는데요."

"나는 무공을 주고, 저놈은 나에게 정보를 줬지. 이 정도면 뭐 손해 보는 장사는 아니었어."

단천호의 머릿속에서는 또 다른 생각이 떠오르고 있었다.

'어차피 그 무공도 내 껀 아니거든. 그러니 나는 얻기만 했지.'

방금 단천호가 보여 준 무공은 거력패웅 서욱 본인이 만든 무공이었다.

과거 단천호와 서욱이 붙었을 때, 서욱이 마지막으로 사용한 것이 바로 방금 단천호가 시연한 기술이었던 것이다.

단천호는 미래에 서욱이 만들어 낼 무공을 미리 가르쳐 준 것뿐이다.

물론 그 덕분에 서욱은 자신의 무공에 대해 더 잘 이해할 수 있을 것이고, 몇 단계는 더 진보할 수 있을 것이다. 자신의 몸에 흐르는 기운을 방금처럼 제삼자의 관점에서 지켜볼 수 있는 기회란 결코 존재하지 않을 테니까.

단천호가 굳이 이런 수고를 한 이유는 역사를 최대한 바꾸지 않기 위해서였다.

어차피 단천호가 움직이기 시작한 이상 역사는 바뀌어 갈 것이다.

하지만 최대한 알고 있는 부분에서 이득을 보려면 변수는 적은 쪽이 좋았다.

서욱의 내공을 단천호가 가지는 대신 서욱의 무공을 높여 준다. 이것이 단천호가 선택한 방식이었다.

"저는 오라버니의 머릿속에 뭐가 들어 있는지 모르겠어요."

단천호는 고민하지 않고 대답했다.

"생각하지 마. 나도 모르겠으니까."

15장 — 이무기를 잡다

저녁이 되자 단천호와 모용가려는 야영을 준비했다.

벌써 나흘째 야영을 준비하고 있기에 단천호와 모용가려는 능숙한 손길로 불을 피우고 모포를 준비했다.

모용가려는 준비를 하는 내내 단천호의 눈치를 살폈다.

"이상하네. 분명 이 길이 맞는데……."

단천호는 별일 아니라는 듯 어깨를 으쓱했다.

"신경 쓰지 마. 이게 여행의 묘미지 뭐."

모용가려는 단천호의 반응에 의외라는 듯 눈을 치켜떴다.

어제만 해도 오늘도 야영이냐며 궁시렁 대기 일쑤인 단천호였기 때문이다.

"내일 아침에는 그냥 경공 써서 산을 내려가요."

"지금까지 걸어온 게 아깝잖아. 나는 아직 괜찮으니까 천천히 길 찾아."

모용가려는 한숨을 내쉬었다.

그게 문제가 아니다. 벌써 나흘이나 씻지 못했다. 남자인 단천호는 어떨지 몰라도 여자인 모용가려로서는 더 이상 버티기가 힘들었다.

투정을 부리고 싶어도 부득불 산길을 고집한 것이 자신이었기에 말도 하지 못했다.

'예전에 아버지랑 산길을 갔을 때는 그렇게 운치 있었는데.'

생각처럼 되지 않아서 슬펐다.

푸르름이 가득한 녹색의 나무들. 그리고 그 사이의 오솔길을 따라 걷는 두 사람.

생각은 좋았으나 현실은 만만하지 않았다.

"내일도 아침부터 움직여야 할 테니까 어서 자도록 해."

그나마 다행인 것은 오늘은 그래도 단천호가 조금 다정하게 대해 준다는 것이다. 어제처럼 퉁명스러웠다면 모용가려는 정말 울어 버렸을 것이다.

모용가려는 조금쯤 단천호를 다시 봤다. 예전에는 힘은 세도 불평불만 많고 무슨 생각을 하는지 모를 사람이라고

느꼈는데, 오늘 보니 꽤 자상하지 않은가? 평소에는 퉁명
스러워도 막상 일이 닥치면 자상하게 굴어 줄 사람인 모
양이었다.

모용가려는 슬쩍 미소를 지으며 모포 안으로 들어갔다.

고개를 살짝 돌려 보니 단천호도 이미 모포 안에 들어
가 있었다.

타닥! 타닥!

모닥불이 타들어 가는 소리가 들렸다.

'이것도 나름 운치 있네.'

하늘에는 별이 눈부시게 빛나고 있고, 모닥불은 타들어
간다. 둘은 하늘을 이불 삼아 누웠다.

이것도 나름 괜찮지 않은가?

모용가려는 눈을 감았다.

눈을 감자 걱정하고 있을 모용장천의 얼굴이 떠올랐다.

'많이 걱정하고 계실까?'

아마 지금쯤이면 자신을 찾아 나섰을지도 모른다. 그게
아니라면 의천맹에 먼저 가 기다리고 있을 것이다.

모용가려는 아버지에게 조금 미안한 마음이 들었지만
애써 그런 사실을 잊으려 했다.

'죄송해요, 아버지. 꼭 강해져서 돌아갈게요.'

모용가려는 다짐했다.

하루 온종일 산을 타는 것은 무인인 그녀에게도 쉽지

않은 일이었다. 그들이 걷는 속도는 일반인과 크게 차이가 났고 아무리 기초 체력이 다르다고 해도 피곤한 것은 어쩔 수 없었다.

모용가려는 천천히 잠에 빠져들었다.

이상하게 따뜻한 느낌이 났다.

단천호는 모용가려의 수혈을 짚었다.

"미안, 아가씨."

단천호는 히죽 웃고는 자리에서 일어났다. 그리고는 주변에 있는 돌과 나무를 모아서 진을 설치하기 시작했다.

단천호는 진법에 소질이 없었지만 산짐승을 피할 간단한 진은 설치할 수 있었다.

"금방 돌아올 테니까."

적당히 진을 설치한 단천호는 모닥불에 나뭇가지를 충분히 넣고는 몸을 날렸다.

수혈이 짚인 모용가려는 세상모르고 잠에 빠져들 것이다. 그사이에 빨리 갔다 와야 했다.

단천호의 신형이 하늘 높이 치솟았다.

허공에 떠올라 산의 대략적인 지형을 파악한 단천호는 나무의 가장 윗부분을 밟으며 산을 타고 올랐다.

'정상 부분에 있는 연못이라 그랬지?'

그렇다면 위로 올라가기만 하면 되니까 찾기에 큰 어려

움은 없을 것 같았다.

단천호는 빛살과도 같은 속도로 빠르게 산을 올랐다.

이윽고 단천호는 정상에 도달했다.

"흐음."

산의 정상은 꽤나 황량했다.

대부분의 산 정상이 그러하듯이 나무는 거의 없었고 바위와 자잘한 풀만이 보였다.

문제는 연못이 보이지 않는다는 점이다.

"이상한데."

단천호는 주변을 꼼꼼히 살피기 시작했다.

연못을 찾아야 한다.

한참을 서성이던 단천호의 눈에 이상한 곳이 보였다.

"음?"

단천호는 빠르게 그곳으로 몸을 날렸다.

"설마……."

단천호는 어이가 없었다.

지금 그의 눈앞에 보이는 것. 그것은 분명 연못이라고 부를 수 있는 것이었다.

문제는 그 크기였다.

만년화리가 사니까 굉장히 큰 게 당연하지 않냐고?

아니다.

단천호의 눈에 들어온 연못은 너무 작았다.

"이게 무슨……."

겨우 직경이 한 장이나 될까?

비가 많이 오면 바닥에 이만한 못이 생겨날 것이다. 그 정도로 심각하게 작았다.

"여기에 만년화리가 산다고?"

만년화리는커녕 가물치도 살지 못할 것이다.

단천호는 입맛을 다시고 돌아섰다.

"그럼 그렇지. 내 팔자에 만년화리는 무슨. 에이, 헛꿈만 꿨네."

처음부터 이런 요행을 바란 것이 잘못이었을지도 모른다.

사실 단천호가 지금까지 이룬 것은 모두가 스스로 노력해서 얻은 것들이 아닌가?

단천호는 미련을 버리고 돌아섰다. 이렇게 된 이상 빨리 돌아가 잠이라도 한숨 더 자야 할 것 같았다.

그때, 등 뒤에서 이상한 소리가 들렸다.

쿠르르륵!

단천호의 몸이 번개처럼 뒤로 돌았다.

연못에서 뭔가 거대한 것이 솟아오르고 있었다.

"뭐지?"

아무런 기감이 느껴지지 않았다.

그런데 이렇게 거대한 형체를 갖춘 것이 있다고?

역
천
도

단천호는 전신에 청령진천심공을 끌어올렸다.

연못은 금방이라도 터질 듯이 거대하게 부풀어 올랐다. 그러더니 이내 펑 소리를 내며 터져 버렸다.

새하얀 포말이 연못을 가득 뒤덮었다.

"에?"

그러나 아무것도 나타나지 않았다.

터진 것은 공기. 그 이상도 이하도 아니었다.

"김샜네."

단천호는 끌어올렸던 기운을 갈무리하며 한숨을 쉬었다.

혹시나 했더니 역시나였다.

"화산인가 보지."

바닥에서 아마 뭔가…….

"바닥?"

단천호의 눈이 번개처럼 연못에 꽂혔다.

방금 그 기포는 어디서 올라온 것일까? 그 거대한 기포가 올라올 정도라면 땅속에서 솟아올랐을 것이다. 그게 아니라면…….

"거대한 생물이 숨을 뱉었을 수도 있지."

단천호는 회심의 미소를 지었다.

만약 땅속에서 솟았다고 가정한다고 해도 의외로 이 연못의 바닥이 무척 깊다는 말이 된다. 그렇다면 안을 조사

해 볼 가치는 충분하지 않겠는가?

단천호는 천천히 연못을 향해 걸어갔다.

"헛탕이 아니면 좋겠는데."

잠시 고민하던 단천호는 이내 미련 없이 연못을 향해 몸을 던졌다.

풍덩!

물이 워낙 뿌예서 앞이 잘 보이지 않았다.

단천호는 안력을 돋우며 아래로 아래로 내려갔다.

연못은 의외로 곧장 바닥으로 내려가지 않고 나선형으로 꼬여 있었다.

이런 식으로 연못이 만들어 질 수 있을까?

단천호의 마음속에는 슬슬 확신이 차오르고 있었다.

'절대 자연적으로 만들어진 연못이 아니다.'

가장 이상한 점은 동굴의 직경이 일정하다는 점이었다. 자연적으로 생겨난 연못이라면 이렇게 일정한 모양의 수중 동굴은 만들어지지 못한다.

어떤 거대한 생물이 파고들어 간 모양 같았다.

단천호는 귀식대법을 전개하며 아래로 내려갔다.

그렇게 한참을 바닥으로 내려가자 물이 서서히 맑아지기 시작했다.

빛 한 점 없이 어두웠지만 단천호의 눈에는 대낮이나 다름없었다.

나선형으로 아래로 향하던 연못이 일정 부분을 지나자 오히려 위로 올라가기 시작했다.

'여긴 어디지?'

고민해 봤자 소용없다. 일단은 끝까지 가 봐야 한다.

단천호는 조심스레 헤엄쳤다.

만년화리라면 무척 재빠를 터였다. 도망가지 못하게 신중하게 몰아야 한다.

다행히 동굴이 좁은 것이 단천호에게 유리하게 작용했다. 만약 넓은 호수 같은 곳에서 만년화리가 살았다면 잡기 무척 어려웠을 것이다.

그러나 의외의 상황이 벌어졌다.

한동안 위로 올라가다 보니 수면이 보였다.

'수면이라고?'

분명 지금까지 지나온 곳에는 만년화리가 없었다.

만년화리가 날개라도 달려서 날아다니지 않는 이상 분명 물에 살 텐데, 수면이라니!

그렇다면 여기에는 만년화리가 없단 말인가?

단천호는 수면을 향해 곧장 올라갔다.

"푸핫!"

단천호는 수면 밖으로 나오면서 깊게 숨을 뿜었다.

"여기가 어디야?"

물에 젖은 옷을 내공을 이용해 순간적으로 말리면서 주

위를 둘러본다.

거대한 공동이 보였다.

"밖은 아닌데."

단천호는 천천히 주변을 둘러보았다. 다른 길은 전혀 보이지 않았고 거대한 공동만이 자리하고 있었다.

"헛탕인가?"

여기에는 만년화리가 없었다.

혹시나 해서 기대를 했지만 꽝인 모양이다.

단천호는 미련을 버리고 그 자리에 주저앉았다.

"괜히 생고생했네."

안타깝지만 없는 만년화리를 만들어 낼 수는 없는 노릇이었다.

"그런데 여긴 대체 뭐지?"

그런 기이한 동굴을 거쳐서 오게 만든 곳이라니. 마치 이야기 속에 나오는 비밀 거처 같지 않은가?

그게 아니라면 전대의 고인이 자신의 무덤으로 삼은 곳일지도 몰랐다.

"이런 곳에는 보통 비급이나 영단이 있어 주는 게 예의지."

하지만 눈을 씻고 찾아봐도 동굴 안에는 아무것도 없었다. 나름 꼬불꼬불한 동굴의 모양을 하고 있다면 구석이라도 뒤져 보겠건만 반구형의 동굴에는 무엇을 숨길 만한 장소조차 존재하지 않았다.

"재수도 더럽게 없지."

동굴에서는 이상한 점을 하나도 찾아볼 수 없었다.

그 흔한 종유석마저 볼 수 없었으니 딱히 특별한 기관 장치가 있어 보이지도 않았다.

이상한 점이라면 동굴 벽이 일정한 간격으로 나선형의 불룩한 모양을 하고 있다는 점뿐이었다.

그리고 그 벽이 촘촘하게 일정한 문양을 보이고 있다는 정도?

"아니, 잠깐만 더럽게 수상하잖아!"

이런 동굴 벽이 있을 리가 있나!

단천호는 안력을 더욱 돋웠다. 벽에 새겨진 것은 특별할 것이 없었다. 단순한 마름모꼴이 다닥다닥 박혀 있었다. 다만 그 마름모가 일정한 모양이 아니고 조금씩 틀리다는 점이었다.

그러니까 뭐라고 설명해야 할까?

저건 마치…….

"뱀의 비늘 같군!"

단천호는 손뼉을 쳤다.

자신이 생각해도 완벽한 비유를 찾았다.

"잠깐만…… 뱀의 비늘?"

그러고 보니 저 올록볼록한 모양도 분명 뱀이 또아리를

튼 것 같은 모양새가 아닌가.

마치 단천호가 또아리를 튼 뱀의 한중간에 들어와 있는 형국이었다.

단천호는 모양을 좀 더 자세히 보기 위해서 벽을 향해 다가갔다.

"정밀한데?"

자신이 새긴다고 해도 이렇게 자연스런 문양은 만들지 못할 것 같았다.

단천호는 벽의 문양을 손으로 쓰다듬었다.

차가운 기운이 손을 통해 전해졌다.

"이야, 정말 뱀 껍질을 만지는 거 같은데?"

이렇게 정교하다니 정말 뱀이 자신의 주변을 감싸고 있다고 해도 믿겠다.

"말도 안 돼. 이렇게 큰 뱀이 대체 어디에 있어!"

단천호는 자신이 생각하고도 어이가 없어서 크게 웃었다.

"하하하하하."

말도 안 되지 않는가? 사람 몸보다 몸통이 굵은 뱀이라니.

"하하하."

이렇게 커다란 뱀이라면 직경이 일 장은 될 것이다. 그가 지나온 수중 동굴의 직경만 하다는 말 아닌가?

"하하하…… 하하…… 하……."

뱀이 이렇게 클 리가 없었다.

혹시 전설로만 듣던 이무기라면 몰라도.

"하…… 하……."

단천호의 고개가 천천히 들렸다.

공동의 꼭대기.

그곳에 두 개의 불빛이 빛났다. 하나가 단천호의 머리통보다 더 큰 거대한 불빛. 노란 불빛의 가운데가 세로로 길게 갈라져 있었다.

그러니까 말하자면 마치…….

"뱀의 눈."

단천호는 고개를 끄덕였다.

완벽한 이무기의 모습이다.

그러고 보니 손이 닿은 벽이 조금씩 움직이는 것도 같았다. 마치 심장이 뛰는 것처럼 일정하게 일렁이는 벽.

"그러니까 이건 이무기고 난 지금 이무기의 또아리 안으로 들어와 있다는 건가?"

단천호의 얼굴에 커다란 웃음이 번져 나왔다.

"좋 됐군!"

첨벙!

커다란 소리와 함께 무언가가 단천호가 나왔던 수중 동굴의 입구를 틀어막았다.

거대한 원통형의 물체. 아마도 이무기의 꼬리인 것 같 았다.

"퇴로 차단?"

번쩍!

이무기의 눈이 밝게 빛났다.

"먹이 확인?"

"카아아아악!"

이무기가 길게 괴성을 질렀다.

커다란 괴성이 공동 안을 쩌렁쩌렁 울렸다.

"위협?"

다음은 보나마나 뻔했다.

이무기의 머리가 단천호를 향해 내리 꽂혔다.

"공격이닷!"

단천호는 번개처럼 신형을 뒤로 날렸다.

쾅!

단천호가 방금까지 있었던 자리에 이무기의 머리가 반 이나 박혀 들었다.

말이 반이지 이무기의 머리 길이는 거의 이 장에 달한 다.

쉽게 말해 머리가 바닥으로 일 장이나 박혀 버렸다는 것이다.

단천호가 광륜으로 만들어 낸 동굴도 반경 다섯 자에

불과했다. 이무기는 머리를 날리는 행위 하나만으로 광륜의 몇 배나 되는 파괴력을 선보인 것이다.

"사기야!"

단천호의 얼굴이 급속도로 굳었다.

이런 괴물을 어떻게 상대하란 말인가!

아마 과거의 광천마이던 시절의 무위라도 이런 괴물을 상대하는 데는 엄청난 고생을 해야 할 것이다.

그런데 지금의 단천호라면?

"죽는다?"

단천호는 몸서리를 쳤다. 어떻게 다시 얻은 삶인데 여기서 죽으라는 말인가!

그런 일은 절대 사양이었다.

하지만 어떻게 할 것인가?

이미 퇴로는 막혔다. 혹시 빠져나갈 수 있을지도 모르는 벽은 이무기가 온몸으로 감싸 틀어막고 있었다.

그렇다고 두더지도 아닌데 바닥을 파고 빠져나갈 수는 없지 않은가?

아무리 바닥을 빨리 판다고 해도 이무기가 방금 보여준 위력이라면 순식간에 단천호를 따라와서 한입에 삼켜버릴 가능성이 높았다.

게다가 여기는 이무기의 소굴.

단천호가 움직이기에는 너무 좁았다.

이무기가 아주 조금만 몸을 조여도 단천호는 종잇장처럼 납작해지고 말 것이다.

"사면초가! 첩첩산중! 점입가경! 설상가상! 진퇴양난! 또 뭐가 있지?"

이런 걸 생각할 때가 아니지 않은가!

"그럼 어떻게 해! 방법이 없는데!"

단천호가 공황에 빠져 있는 동안 이무기는 천천히 머리를 뽑아 들었다.

그리고는 거대한 혀를 슬쩍 내밀고는 아래위로 빠르게 흔들었다.

"간 보냐!"

반은 장난으로 한 말이었지만 가만히 생각해 보니 정말 간을 보는 걸 수도 있겠다.

단천호는 다시 삶을 시작한 이후 처음으로 맹렬하게 두뇌를 회전시켰다. 잔뜩 때가 끼어 있던 뇌가 웅장한 소리를 내며 돌아가기 시작했다.

"젠장! 짱돌 굴린다고 방법이 나오나!"

애초에 생각과는 담 쌓고 살았던 머릿속에서 뭐가 나오기를 기대한 것이 멍청한 짓이었다.

몸은 열다섯이지만 뇌는 마흔이 넘은 것이다. 창창한 애들과 돌아가는 속도가 같을 리가 있나.

"자책하고 있을 때가 아닌데!"

단천호가 혼자서 생각을 하건 춤을 추건 뭔 짓을 하든 간에 이무기는 여유롭게 단천호를 주시했다.

어차피 이런 조그만 것 하나 먹어 봐야 간에 기별도 안 가겠지만 그래도 순순히 굴까지 들어와 준 마음 착한 먹이를 그냥 보낼 수는 없었다. 맛있게 시식해 주는 것이 예의 아닌가.

이무기는 감사하는 마음으로 단천호를 향해 돌진했다.

단천호는 자신을 향해 날아오는 이무기의 거대한 입을 보며 기겁했다.

"히이익!"

재빠르게 몸을 날렸다.

콰앙!

생물의 머리와 딱딱한 바닥이 부딪혔는데 폭음이 터진다.

"장난이 아니라고!"

뭐 이런 경우가 다 있단 말인가.

남들은 도라지 캐러 갔다가 산삼도 캐 오는데, 자신은 물고기 한 마리 잡으러 왔다가 이게 웬 봉변인가.

단천호는 두 손에 겁천수를 끌어올렸다.

"이무기고 뱀이고 어차피 쇳덩어리가 아니라면 칼도 들어가고 살도 찢기는 법이지."

단천호가 이무기의 몸뚱이를 향해 전력으로 쇄도했다.

다시 태어난 이후 처음으로 펼쳐 보는 전력을 다한 경공. 그 속도는 경이 그 자체였다.

'내공이 모자라니 빨리 끝내야 한다.'

단천호는 내공에 비해 무공의 이해도가 지나치게 높았다.

그래서 한 번에 강한 파괴력을 낼 수 있지만 그 무공을 지속하는 데는 문제가 많았다.

그러니 지금은 최대한 빠르게 공격해서 끝내야 한다.

단천호의 겁천수가 이무기의 몸을 향해 날아들었다.

"차압!"

그러나 결과는 허망하기 그지없었다.

까앙!

단천호의 겁천수에 가격당한 이무기의 등이 쇳소리를 냈다.

"히익?"

겁천수의 파괴력은 이미 증명된 바가 있다.

검기가 실린 창천수호대의 검을 수수깡 부러뜨리듯 부러뜨려 버린 겁천수다.

검기가 어린 검은 쇠도 자른다!

그런 검을 부러뜨려 버린 단천호의 겁천수는 만년한철도 우그러뜨릴 수 있었다.

그런데 지금 이무기의 비늘에 상처 하나 남기지 못한

것이다.

이게 무슨 이무기란 말인가!

용도 이 정도는 아니겠다.

단천호는 허망한 얼굴로 이무기를 보고 말했다.

"저기 죄송한데, 오늘이나 내일 승천할 예정이셨어요?"

영성이 어린 짐승은 사람의 말을 알아듣는다고 한다.

이무기의 머리가 단천호의 질문에 화답했다.

"카아아아악!"

이무기의 머리가 곧장 단천호를 향해 날아왔다.

"아니면 그냥 아니라고 하면 될 것을!"

단천호는 전력을 다해 몸을 빼내었다.

쾅!

똑같은 상황의 반복.

하지만 불리한 것은 단천호였다.

제자리에서 머리만 까딱대는 이무기와는 다르게 단천호
는 내공을 써 가며 전신을 움직이고 있었다. 이대로라면
단천호의 내공이 먼저 소진되어 버릴 것이다.

"승부!"

단천호는 마지막 수단을 꺼내 들었다.

단천호의 손이 새하얗게 빛나며 주변 공기가 광폭하게
단천호의 손안으로 스며들었다.

단천호의 우수에 광륜이 만들어졌다.

"크아아앗!"

단천호는 전력을 다해 광륜을 던졌다.

광륜이 가공할 기세로 이무기의 머리를 향해 날아갔다.

"먹어라! 폭(爆)!"

콰콰콰쾅!

광륜이 이무기의 머리 바로 앞에서 터져 나가며 이무기의 머리를 휩쓸었다.

광폭한 기의 폭풍.

저곳에 휘말린다면 그 어떤 것도 살아남지 못하리라!

그러나 이무기는 예외인 모양이었다.

광륜의 폭풍이 사라진 그곳에 이무기는 당당하게 머리를 세우고 단천호를 노려보고 있었다.

"허…… 허허…… 허허허허."

광륜마저 통하지 않는다.

그렇다면 단천호가 이무기에게 상처를 입힐 방법은 존재하지 않는다는 말이었다.

"어머니, 아버지. 불초 소자 먼저 갑니다. 부디 육체 강녕하시옵고……."

이무기는 매정했다. 마지막 유언을 할 시간마저 주지 않았다.

"카아아아악!"

이무기의 머리가 단천호를 향해 날아왔다.

단천호는 내공을 쥐어짜 몸을 날렸다.

콰앙!

다시금 이무기의 머리가 바닥에 부딪쳤다.

"크르……!"

이무기는 이대로는 안 되겠다고 생각했는지 다른 방법을 쓰기 시작했다.

그 거대한 몸통을 천천히 조여 오기 시작한 것이다.

거대한 이무기의 몸이 조여들자 마치 공동 자체가 줄어드는 형세가 되었다.

"에효!"

단천호는 고개를 푹 숙이며 한숨을 내쉬었다.

이제 정말 방법이 없다. 만년화리 한 마리 잡으러 왔다가 이게 무슨 날벼락인가.

"혹시 저거 만년화리 한 마리 연못에다 키우면서 낚시한 것 아냐?"

말도 안 되는 생각이다. 만년화리를 미끼로 뭘 낚겠다는 말인가.

"서우우우욱!"

상황이 이렇게 되자 이곳에 만년화리가 있다고 했던 거력패옹 서욱에게 분노가 쏟아졌다.

"내가 혹시라도 살아 나가면 절대로 가만히 두지 않겠다!"

살아 나간다면 말이다.

이무기의 몸이 점점 더 조여들어 왔다.

단천호는 모든 것을 체념하고 바닥을 바라보았다.

"음?"

바닥에 이상한 것이 보인다.

새하얀 액체 같은 것.

저런 게 언제부터 있었더라?

툭.

단천호는 소리가 난 쪽으로 휙 돌았다.

방금 전까지 깨끗했던 바닥에 새하얀 액체가 생겨나 있었다. 파문이 생긴 것이 마치 높은 곳에서 떨어진 것 같았다.

단천호의 고개가 천천히 위로 올라갔다.

그곳에는 이무기의 거대한 머리가 자리하고 있었다. 새하얀 액체는 이무기의 입에서 떨어져 내리고 있었다.

"침 흘리는 거냐!"

입맛을 다시다니! 미물 주제에!

단단히 버릇을 고쳐 놓고 싶었지만 힘이 없으므로 참을 수밖에 없었다.

"카아아아아!"

이무기가 다시 입을 크게 벌리고 거대한 울음을 토했다.

그때 단천호의 눈이 밝게 빛났다.

활짝 벌려진 이무기의 입.

그곳이 이상하게 변해 있었다.

조금 전까지 쉴 새 없이 날름대던 혀의 끝에서 새하얀 액체가 뿜어져 나온다.

두 개로 갈라져 반듯했던 이무기의 혀끝이 갈기갈기 찢겨져 있었다.

"피였나?"

백혈(白血)이라니.

이미 생물의 범주를 넘어서지 않았는가!

단천호의 얼굴에 회심의 미소가 떠올랐다.

어차피 이대로라면 죽는 것은 기정사실이다. 그렇다면 모험이라도 해야 했다.

"생선도 활어회가 맛있는 법이지. 이렇게 졸라 죽일 바에는 그냥 꿀꺽 삼키라고!"

단천호가 자신을 조여 오는 이무기의 몸통을 딛고 이무기의 머리를 향해 날아갔다.

"카아아아!"

이무기는 기다렸다는 듯이 단천호의 몸을 덥석 삼켜 버렸다.

"크윽!"

이무기의 입안에서는 참을 수 없는 한기가 몰아치고 있

었다.

단천호는 이를 악물고 양손에 겁천수를 운용했다.

"너 죽고 나 살자!"

단천호의 겁천수가 이무기의 식도를 후려쳤다.

촤아아악!

뭔가 갈라지는 소리가 나며 이무기의 식도가 길게 갈라졌다.

"된다!"

아무리 이무기라고 해도 결국은 생물.

몸 밖은 딱딱할지 모르겠지만 몸 안은 단련할 수 없었을 것이다.

"카아아아아!"

이무기는 몸부림을 치며 괴로워했다. 머리를 이리저리 흔들고 토악질을 해 가며 단천호를 뱉어 내려 애썼다.

단천호는 양손에 겁천수를 운용하여 이무기의 몸 깊이 두 손을 박아 넣었다.

"끄으으윽!"

떨쳐 내려는 이무기와 버티려는 단천호. 그 기묘한 싸움이 한동안 계속되었다.

단천호는 팔이 떨어져 나갈 것 같은 충격 속에 마지막 방법을 택했다.

이런 것은 의미가 없었다. 단천호의 팔이 통째로 박혀

들어도 이무기에게는 목에 가시가 박힌 것 그 이상도 이하도 아닐 것이다.

워낙에 오랫동안 고통이란 것을 모르고 살았기에 당황하는 것일뿐, 이런 것으로 피해를 줄 수는 없었다.

좀 더 깊이, 좀 더 많은 부분을 찢어야 했다.

그러나 이무기도 가만히 있지는 않았다.

아래쪽에서 뭔가 맹렬한 기세로 위로 솟구쳐 올라왔다.

"어억?"

부글부글거리는 검은 액체. 필경 이무기의 소화액일 터였다.

신체 기능이 보통 뱀의 수천수만 배에 달하는 이무기다. 그렇다면 저 소화액의 효능도 그만큼은 될 것이다. 닿는 그 즉시 살이고 뼈고 할 것 없이 녹아 없어질 확률이 높았다.

"끝장을 보자!"

여기서 승부를 봐야 한다. 그가 죽든 이무기가 죽든 마지막이었다.

단천호는 우수에 광륜을 만들었다. 내공이 모자라 선천지기까지 끌어다 만든 광륜이었다.

단천호의 입에서 피가 분수처럼 뿜어져 나왔다.

"으아아앗!"

단천호는 커다란 기합성과 함께 광륜을 날렸다.

광륜이 이무기의 소화액을 향해 날아갔다.

"폭(爆)!"

광륜이 거대한 굉음을 내며 터졌다.

이무기의 몸 안에서 거대한 폭발이 일어나며 이무기의
몸이 거대한 공이라도 삼킨 것마냥 부풀어 올랐다.

"카아아아아!"

이무기가 내지른 비명이 공동을 쩌렁쩌렁 울렸다.

이무기는 한동안 온몸을 비틀며 발악을 했다. 하지만
그것도 한계가 있었다.

이무기가 아니라 용이라고 해도 식도 부분이 껍질만 남
은 채 만신창이가 되어서는 살아남을 수 없다.

더구나 곳곳에 튄 이무기의 소화액이 되려 이무기의 몸
을 녹이고 있었다.

"발악은 정도껏 해라."

단천호의 말을 들었는지 이무기의 몸이 천천히 바닥을
향해 쓰러졌다.

쿠웅!

둔중한 소리와 함께 이무기는 완전히 움직임을 멈췄다.

단천호는 바닥을 기다시피 해서 이무기의 입 밖으로 빠
져나왔다.

"허억!"

그리고 밖으로 나오자마자 탈진해 바닥으로 쓰러졌다.

"하악! 내가 앞으로 뱀이랑 상종을 하면 단씨가 아니라 견(犬)씨다, 견씨."

정말 지독한 싸움이었다. 지금까지 수많은 전장을 누비고 다닌 단천호였지만 이렇게 막막한 싸움은 처음 해 보았다.

심지어는 오제가 동시에 달려들 때도 이런 기분은 아니었다.

하지만 그때 단천호는 결국 죽었고 지금은 살아남았다.

단천호는 몸을 일으켜 세웠다. 이제는 정리를 해야 할 시점이다.

단천호의 눈이 거대한 이무기의 입을 바라보았다.

"쯔⋯⋯. 저길 다시 들어가야 하나."

일단은 빠져나오긴 했지만 안에 용무가 남아 있었다.

확인해야 한다.

단천호는 징그러운 벌레라도 만지는 것처럼 엉덩이를 쭉 빼고 이무기의 윗입술을 들어 올렸다. 그리고 그 안으로 들어갔다.

"이건 뭐 동굴이나 다름없네."

아까는 경황이 없어서 살피지 못했지만 이무기의 몸 안은 단천호가 서서 걸어도 될 만큼 컸다.

하기야 직경이 삼 장이나 되는데 단천호 하나 못 걸어 다니면 그게 이상하지 않는가.

"가만 보자. 여기 어디 있을 텐데."

단천호는 곳곳을 누비며 찔러보고 두드려 보았다.

마침내 단천호의 감각이 이상한 곳을 찾아내었다.

"여기군!"

단천호의 손에 겹천수가 운용되었다.

단천호는 최대한 세심하게 두 손을 놀려 이무기의 살을 헤집었다.

한참을 뒤적대던 단천호의 손이 드디어 빠져나왔다.

그 손에는 새파란 빛을 발하는 작은 구슬이 들려 있었다.

"이걸 내단이라고 불러야 하나, 여의주라고 불러야 하나?"

아무래도 상관은 없었다. 효과는 같을 테니까.

지옥과도 같은 시간이었지만 이것만으로도 그 가치는 충분했다.

만년화리의 내단을 얻으러 왔다가 무려 이무기의 내단을 손에 넣은 것이다.

"내가 정말 도라지 캐러 왔다가 산삼을 캔 격이군."

물론 그 산삼 옆에 성질 고약한 산신이 있었지만 말이다.

단천호는 그 자리에 앉아 내단을 입으로 던져 넣었다.

내단의 종류에 따라 원래 있던 곳을 벗어나면 기운이

역천도

흩어지는 것들도 있었다.

그러니 웬만하면 그 자리에서 빠르게 복용하는 것이 약효를 가장 잘 살릴 수 있는 법이다.

단천호의 몸 안에서 거대한 기운이 질주하기 시작했다.

내단에서는 기운이 뿜어져 나오고 또 뿜어져 나왔다. 마치 분화하는 화산처럼 맹렬한 기세의 기운이 쉴 새 없이 단천호의 몸을 내달렸다.

단천호는 흥겹게 그 기운을 받아들였다.

과거와는 다르다.

과거에 청령진천심공을 처음 만들 때는 몸에 막힌 곳이 많았기에 위험했었지만 지금은 기운들이 아무리 내달려도 괜찮을 만큼 큰길이 뚫려 있었다.

단천호가 할 일은 뿜어져 나온 기운들이 몸을 휘돌아 단전에 안착할 수 있도록 길을 안내하는 것뿐이었다.

이미 탈태를 거친 단천호의 몸은 이무기의 내단이 가진 거대한 기운을 무리 없이 수용했다.

그리고 한 번 수용된 기운은 다시 몸을 휘돌면서 정순하고 깨끗한 내공으로 정제되기 시작했다.

기운이 압축되고 다시 압축되어 결국 단전에 자리 잡았다.

파아앗!

단천호가 눈을 뜨자 가공할 신광이 사방으로 폭사되었

다.

"놀래라."

갑자기 주변이 환해지자 되려 단천호가 움찔했다.

단천호는 몸을 일으켰다. 그의 단전은 전처럼 텅텅 비어 있지 않았다. 소모된 선천지기는 완벽하게 복원되었고 단전에는 이 갑자가 넘는 공력이 쌓여 있었다.

"부활!"

드디어 단천호가 과거의 무위를 회복한 것이다.

과거였다면 이 내단을 복용함으로써 오 갑자가 넘는 공력을 얻을 수 있었을 것이다.

하지만 탈태와 청령진천심공의 영향으로 정제된 내공은 겨우 이 갑자에 불과했다.

그렇지만 단천호는 실망하지 않았다. 과거에 그가 얻었을 오 갑자의 내공보다 지금 그가 얻은 이 갑자가 더 큰 힘을 발휘할 수 있다는 것을 알기 때문이다.

지금 단천호는 과거의 무위를 완벽하게 뛰어넘었다.

단천호가 과거와의 결별을 선언하는 순간이었다.

단천호는 크게 광소를 터뜨렸다.

이제 드디어 모자란 부분이 채워졌다.

세상의 모든 일을 무공으로 해결할 수는 없지만, 강한 무공은 그만큼 선택의 폭을 넓게 해 주는 것이다.

단천호는 웃음을 멈추고 신중한 눈으로 자신의 몸을 내

려다보았다.

"자만하지 말자. 무공으로 할 수 없는 일은 얼마든지 있어!"

예를 들면 기운을 흡수하면서 날아간 옷이라던가, 그 옷 안에 꼭꼭 숨겨 두었던 중원전장표 만 냥짜리 전표 세 장이라던가.

그러니까 전표 세 장이라던가…….

무한의 패자 단가장에서 한 달 동안의 모든 수입을 꼬박 모아야 나올 수 있는 삼만 냥이라던가.

그것만 있으면 열 가구가 십 년 동안 걱정 없이 먹고살 수 있다는 삼만 냥이라던가.

단천호의 눈에서 눈물이 흘러내렸다.

"무공 따위……."

행복과 불행은 항상 함께 찾아오는 법이다.

하지만 괜찮다. 몸이 멀쩡하고 무공만 있다면 돈은 얼마든지 벌 수 있다.

물론 그 과정에서 뼛골이 삭고 주름이 늘고 허리가 휘겠지만 돈이야 벌면 그만 아닌가.

문제는 옷이 없다는 것이다.

이대로 발가벗은 채 모용가려에게 돌아갔다가는 아마 의천맹에 가는 즉시 천하제일 변태남이라는 명예로운 별호를 얻을 수 있을 것이다.

그래도 도의상 나뭇잎으로 대충 가리고 간다면 자연인이라는 별호를 얻을지도 모르고, 짐승이라도 사냥해 가죽으로 가린다면 야생남아 단천호로 불리게 될 것이다.

그렇게 단천호는 그날 알몸으로 산길을 질주해 민가에서 옷을 훔쳐 입었다.

16장
—
단천호! 선언하다!

칠 주야가 지나서야 단천호와 모용가려는 의천맹이 있
는 낙양에 도착할 수 있었다.

그리고 그들은 깨달았다.

자신들이 누구도 못 말릴 방향치라는 사실을!

아니, 이걸 방향치라고 해야 할지도 애매했다.

이무기와 싸운 날 밤 이후 단천호와 모용가려는 관도로
가기로 합의를 하고 산을 내려갔다.

그런데 아무리 찾아도 관도가 보이지 않았다.

오기가 생긴 둘은 한쪽 방향을 정하고 도로가 나올 때
까지 걷고 또 걸었다.

드디어 인가를 찾았다고 기뻐했을 때 그들은 알고 말았다.

그곳이 낙양이라는 것을.

무한부터 낙양까지를 산길로 꼬박 열흘을 걸어서 와 버린 것이다.

그야말로 길치, 방향치, 무한 체력의 삼박자가 이루어낸 기적이었다. 보통 기적이란 것은 사람을 기쁘게 해 주기 마련인데 단천호와 모용가려에게 일어난 기적은 그들을 깊은 회의에 빠지게 만들어 주었다.

"너랑은 다신 여행 안 해."

단천호가 퉁명스럽게 말했다.

"내가 그래서 애초에 다른 방향으로 가자고 했잖아요!"

"그래! 니가 말한 그 방향으로 갔으면 지금쯤 해남에서 바다를 보고 있겠지! 호연지기가 아주 들끓어 오를 거다! 전복이라도 딸려고?"

"그…… 그쪽으로 갔으면 관도를 발견할 수 있었을 거예요!"

"과아아안도오오오? 허이구야, 무려 칠 주야를 걷고도 못 발견한 관도를 그쪽으로 가면 발견한다고? 이봐. 인정하자고. 너와 나는 안 되는 인간이야. 뒤로 넘어져도 코가 깨지는 사람이 아니라 뒤로 넘어지면 코도 깨지고 뒤통수도 빠개지는 인간이란 말이야!"

모용가려는 절대 인정할 수 없었다. 아버지와 함께 다닐 때는 이런 일이 한 번도 없었다.

물론 그때는 아버지가 가는 대로 따라가기만 하면 됐지만 그래도 자신은 경험이 있는 사람이었다.

　누가 봐도 생전 처음 여행을 하는 단천호가 잘못을 했기 때문에 이런 일이 벌어진 것이 아닌가!

　"잘못을 떠넘기지 말아요!"

　"걱정하지 마. 여기서 내 잘못을 하나만 너한테 얹어도 땅을 파고들어가 버릴 정도로 너는 충분히 잘못을 쌓았으니까. 이제 절에 머리 깎고 들어가는 것 외에는 속죄할 방법도 없어."

　모용가려와 여행을 하며 단천호는 자신이 살아 있음에 감사할 줄 알게 되었다.

　쌀이 떨어지자 용케도 어디서 예쁜 버섯을 구해다 먹였다.

　그날 저녁, 복통이 일어났음은 두말 할 것 없는 사실이다.

　나중에야 단천호는 그 버섯이 단번에 사람을 죽일 수 있는 독버섯이란 사실을 알았다. 단천호였기에 목숨을 부지할 수 있었던 것이지 다른 사람 같으면 이미 황천길에서 모용가려의 머리칼을 벅벅 밀어줄 준비를 하고 있었을 것이다.

　그뿐인가?

　틀림없다고 따라오라던 길은 곳곳마다 절벽이었고, 어찌나 운도 좋은지 한 번쯤 꼭 만나야 '아, 이 맛에 여행을 하는구나!' 한다는 산적도 만나지 못했다. 산적이라도 만나야 산채를 털어 곡식을 구할 것 아닌가.

그래서 구박 좀 했더니, 꿀을 구한다고 나무 위로 올라가서 무려 전설에나 나오는 황남독봉(黃南毒蜂)의 벌집을 건드려 수천 마리 벌 떼가 쫓아오게 만들었다.

황남독봉이라니!

한 마리가 황소 한 마리를 죽일 독을 가지고 있다는 전설상의 독충 아닌가!

가는 길마다 사고요, 저지르는 일마다 대박이었다.

이러니 거기에 그 하찮은 잘못을 하나 더한들 뭐가 달라지겠는가.

단천호는 찬바람이 부는 얼굴로 고개를 휙 돌려 버렸다.

"다 필요 없고, 빨리 의천맹으로 가자. 집 떠나면 고생이라더니, 나는 집에 갈래."

"안 돼요."

"왜! 왜! 왜! 왜! 또 뭐가 문제인데? 또 무슨 짓을 하려고! 그 입 다물라!"

단천호의 한 섞인 일갈에도 모용가려는 꿋꿋했다.

여기서 미안해 하면 지는 거다.

"설마 그 꼬락서니로 의천맹에 당당하게 들어가려는 것은 아니겠죠? 가문 망신이라고요."

"걱정 마. 너희 집은 명문이라서 그런 거 신경 쓰는 거고, 우리 집은 족보도 없어서 그런 거 신경 안 써도 돼.

내 생각인데 집에 있는 족보 그거 위조된 걸 거야. 그리고 내 꼴이 어때서."

"어떠냐구요? 그걸 내 입으로 말할 필요 있나요? 그냥 바가지 하나 들고 여기 주저앉아요. 당장 낙양 사람들이 우르르 몰려와서 눈물을 흘리며 동전을 뿌릴 테니까."

"과연 인정 많은 동네로다. 그 방법이라면 삼만 냥도 금방 벌겠는데?"

"금방이죠. 한 천 년? 얼마 안 걸리죠?"

"걱정 마. 난 삼천 년은 살 생각이니까."

"이익! 정말 이럴 거예요? 난 못 가요. 이 꼴로는 절대!"

아닌 게 아니라 단천호와 모용가려의 모습은 좋게 말하면 상거지, 조금 나쁘게 말하면 개방 거지들이 더럽다고 손가락질할 지경이었다.

아무리 무공이 강해도 옷이 더러워지는 것은 어쩔 수 없지 않은가.

"그래? 그럼 넌 때 빼고 광내서 와. 난 먼저 갈 테니."

단천호는 뒤도 돌아보지 않고 앞으로 쭉쭉 걸어 나갔다.

그때, 등 뒤에서 모용가려의 음성이 들려왔다.

"그런데 의천맹이 어디인지는 알아요?"

"……"

단천호가 멈춰 섰다.

"의천맹이 어딘지 아냐고요."

알 리가 없지 않은가.

집 밖으로 나온 게 처음인데 의천맹인지 뭔지 어디 붙어 있는지 알게 뭔가!

하지만 지금은 기세상 물러설 수 없었다.

"사람이 이렇게 많은데 물어보면 되지. 거기 하나 못 찾아갈까 봐."

"웬만하면 현실을 인정하는 게 좋아요. 설마 지난 이레의 교훈으로는 모자랐던 건 아니죠?"

단천호는 당당하게 앞으로 향했던 자세 그대로 슬금슬금 뒷걸음질쳤다.

기세 따위는 사는 데 별 도움이 안 된다.

모용가려는 회심의 미소를 지으며 그런 단천호를 바라보았다.

그런데 절반쯤 왔을까? 단천호가 다시 멈춰 섰다.

"잠깐! 어차피 너랑 같이 찾아가도 못 찾을 게 뻔하잖아!"

"설마 이 낙양에 모용세가 사람이 나뿐이라고 생각하는 건 아니겠죠? 표식 하나만 해도 도와줄 사람이 올 거예요. 그게 아니라도 객잔에 가면 내가 아는 사람이 하나쯤은 있을 거라고요."

멈춰졌던 단천호의 뒷걸음질이 부드럽게 재개되었다.

어느새 단천호는 모용가려의 옆에 섰다.

"가시죠, 마님."

"그래, 돌쇠야."

이젠 결코 지지 않는 모용가려였다.

둘은 가장 가까운 객잔을 찾아들어 갔다.

객잔에 들어선 둘의 반응은 극명하게 나뉘었다.

"목욕!"

"밥!"

물론 전자는 모용가려였고 후자는 단천호였다.

모용가려는 경멸 어린 눈으로 단천호를 노려보았다.

"더러워."

"뭐가?"

"씻지도 않고 먹을 셈이에요?"

"무려 열흘간 씻지도 않고, 때가 새까맣게 탄 손으로 거지처럼 바닥에 떨어진 음식을 주워 먹던 사람은 어느 집 사는 누구 딸내미더라?"

"단가장에 사는 단 가주님의 아들내미죠."

"통탄할 노릇이군. 벌써부터 왜곡과 조작이 판을 치는 데 후세에 가면 어떻겠어?"

"딱 오라버니처럼 되겠죠."

"멋진데?"

"잘도!"

"왜왜왜. 뭐뭐뭐. 퉤퉤퉤!"

모용가려는 혀를 쭉 내민 단천호를 보고 벌레라도 본 것마냥 표정을 있는대로 일그러 뜨리더니 고개를 푹 숙인 채 앞으로 걸어가 버렸다.

단천호는 어깨를 으쓱 하고는 빈자리를 찾아 앉았다.

"주인장! 주문 받아!"

"예이!"

단천호의 말이 끝나기가 무섭게 점소이가 쪼르르 달려왔다.

"예. 손님 무엇……."

점소이는 말을 하다 말고 단천호를 아래위로 훑어보았다. 웬 거지 중의 상거지가 앉아서 주문을 하고 있는가?

"저, 손님. 죄송합니다만 돈은 있으십니까?"

물론 단천호는 내공 이 갑자를 얻는 대가로 삼만 냥을 허공에 날려 버린 빈털터리였다.

"없는데?"

"이런 빌어먹을 놈이 어디서!"

"그런데, 일행이 있어."

"항상 친절과 봉사의 마음을 가슴속에 새기겠습니다!"

"그런데 걔가 돈이 있던가?"

"이런 거지새끼가 지금 장난하나?"

"아, 있다."

"휘이! 휘이! 문밖에 웬 거지들이 이렇게! 아이고, 손님 죄송합니다. 이 주변에 워낙 거지들이 많아서. 자, 그럼 주문하시겠습니까?"

그야말로 논검비무가 따로 없었다.

점소이는 단천호의 현란한 공격을 부드럽게 받아넘겼다.

"뭐뭐 되나?"

"예. 여기 주문이 되는 음식들을 적어 둔 판입니다."

"호오. 이런 건 또 처음 보는군!"

"저희 객잔에서 새로 개발한 매누판(買累版)이라고 합니다. 살 것을 묶어 적어 둔 판이란 뜻이옵지요. 헤헤."

단천호는 번개 같은 손놀림으로 매누판 이곳저곳을 가리켰다.

"이거, 이거, 이거, 이거, 이거, 이거, 이거하고 요거랑 요거, 그리고 저거랑 저거. 아! 그거랑 그것도 괜찮겠네. 됐지?"

"주문받았습니다."

단천호는 벙 쪘다.

"그걸 다 외웠어?"

"이 정도 못 하면 점소이 못 합니다."

"이제는 점소이도 절정고수만 살아남는 시대군."

"무한 경쟁 시대죠."

"말세로다."

"나무관세음보살."

이렇게 파란만장한 주문이 끝나고 단천호는 손가락을 빨며 음식이 나오기를 고대했다.

"무려 열흘 만에 맛보는 사람이 먹는 음식이다. 크흑! 이제 더 이상 나무뿌리를 캐먹지 않아도 돼. 앞으로 버섯은 보는 족족 뽑아 버릴 거야! 먹지 않아. 크흑. 아! 점소이, 음식에 버섯 다 빼!"

"예이! 항상 친절과 봉사로 손님을 모시는……."

"시끄러워!"

"물론 소리 줄임도 가능합니다."

언젠가 중원 전체에 불어올 요식업 개혁의 태풍의 핵이 될 낙양 서비수(西費手) 객잔이었다.

음식이 준비되는 동안 모용가려가 목욕을 마치고 나왔다.

모용가려는 단천호의 건너편에 앉았다.

"주문했어요?"

"응."

"제가 뭘 먹을지 알고 주문했어요?"

"너도 먹게?"

"돈은 있는 모양이죠?"

"짖으라면 짖겠습니다."

모용가려는 피식 웃더니 젖은 머리를 쓸어 넘겼다.

지금까지야 워낙 거지꼴이어서 몰랐는데 깨끗이 씻고

나온 모용가려의 모습은 무척이나 아름다웠다.

물론 단천호는 그런 데는 전혀 관심이 없었다.

주문한 음식이 반 각이나 지난 지금까지도 나오지 않고 있는 청천벽력할 사태가 벌어졌는데 모용가려가 이쁘면 어떻고 남자면 또 어떤가.

"점소이이이잇!"

"예이이잇! 지금 나갑니다!"

점소이는 양손에 다섯 개씩의 접시를 들고 나오는 신기를 보이며 바람처럼 단천호가 앉은 자리로 뛰어왔다.

"주문하신 음식 나왔습니다."

"홋! 이거랑 이거. 저거랑 그게 안 나왔군! 주문을 어떻게 받는 거야!"

점소이는 푸근한 미소를 지었다.

"그건 후식인데요."

"으……."

그야말로 철통 방어!

단천호는 보았다. 점소이의 등 뒤로 보이는 은은한 후광을.

과연! 어디에서건 경지에 이른 자의 모습은 아름답지 않은가!

그러나 점소이가 주문받는 모습을 보지 못했던 모용가려는 두 사람의 형이상학적인 대화에 대한 소감을 머금고 있던 차를 세차게 뿜는 것으로 대신했다.

"더러워."

주는 대로 갚아 주는 단천호였다.

"괜찮아요. 내가 먹을 거니까."

"나도 괜찮아. 이러면 간접 뽀뽀가 되나?"

"처먹지 말아요!"

그러나 이들의 싸움을 지켜보던 점소이는 환히 웃으며 말했다.

"걱정하지 마십시오."

"응?"

"음식이란 건 언제나 정량이 있는 법. 저희 서비수 객잔에서는 손님 여러분의 편안한 식사를 위해 음식을 사람 수대로 나누어 담아 드리고 있습니다."

"과연!"

점소이가 손짓을 하자 똑같은 음식이 하나씩 더 나왔다.

"그럼 맛있게 드십시오."

"나무관세음보살."

단천호가 점소이에게 화답하고는 젓가락을 비비며 눈앞에 놓인 먹잇감을 향해 달려들 태세를 갖췄을 때였다.

"대체 뭐죠. 저 점소이는!"

"내 장담컨대, 저놈은 전설이 될 거야."

단천호는 굳은 얼굴로 고개를 끄덕였다. 그의 얼굴은

그 어느 때보다 진지했다.

"놀랍긴 하네요."

"밥 먹는데 말 걸지 마!"

단천호는 모용가려의 말을 깡그리 무시하고는 가공할 속도로 젓가락을 놀리기 시작했다.

"채신머리없기는!"

그러면서도 모용가려도 부지런히 젓가락을 놀렸다. 사람다운 음식을 먹어 본 지가 열흘이 넘은 것이다.

두 사람의 앞에 놓인 접시에서 음식들이 빠른 속도로 실종되기 시작했다.

"어섭쇼!"

그때, 객잔으로 일련의 무리들이 들어왔다.

단천호와 모용가려는 새로 들어온 사람들에게 눈길조차 주지 않았다. 지금은 황제가 와도 그들의 관심을 끌 수 없었다.

하지만 새로 온 손님들은 그렇게 생각하지 않는 모양이었다.

"어엇? 모용 소저!"

자신을 부르는 소리에 모용가려는 젓가락을 멈출 수밖에 없었다.

모용가려는 미약한 살기를 뿜으며 자신을 부른 자를 바라보았다.

밥 먹는데 불렀다고 살기라니……

역시나 단천호 주변에 머무르면 안 좋은 것만 빠른 속도로 배우게 되는 것이다.

"남궁 공자님?"

모용가려의 봉목이 크게 떠졌다. 정말 오래전에 봤던 사람이 그녀의 눈앞에 서 있었다.

남궁 공자라 불린 남자는 호탕하게 웃으며 모용가려에게 다가왔다.

수려한 외모에 곱게 빗어 넘긴 머리. 그리고 남궁가의 문양이 새겨진 청의가 인상적인 사내였다.

"정말 오랜만에 뵙는군요, 모용 소저."

모용가려는 자리에서 일어나 인사했다.

"네. 저번 세가 회합 이후로 처음이네요."

"의천맹에 들른 것이오?"

"어쩌다 보니 그렇게 되었네요."

모용가려와 남궁 공자라는 사내가 말을 나누는 동안 남궁 공자의 일행이 그들 주변으로 다가왔다.

"의룡(義龍)아, 우리에게도 이 소저를 소개시켜 주지 않겠느냐?"

적색의 무복을 입은 선 굵은 얼굴의 사내가 넉살 좋게 웃으며 말했다.

"아, 형님. 모용세가의 모용가려 소저입니다. 소저, 이쪽은 하북팽가의 팽성(彭星). 팽 소협이십니다."

"만나 뵙게 되어서 반갑습니다. 모용가의 모용가려입니
다."

"팽가의 팽성이오. 이런 미인을 눈앞에서 볼 수 있다니
오늘 내가 개안을 하는구려. 허허허허."

팽성은 호탕하게 웃었다.

그 뒤로 나타난 자들은 다들 만만한 자가 아니었다.

선두로 나타난 남궁세가의 남궁의룡을 필두로, 팽가의
팽성, 제갈세가의 제갈남운(諸葛南雲), 사천당가의 당비
(唐飛). 이들은 하나같이 오대세가의 다음 대를 맡고 있는
소가주들이었다.

"오늘 다 모이시기로 했나 봐요?"

"그렇게 됐소. 아, 모용단극(慕容端極) 그 친구도 오기
로 했소."

"오라버니도 오시는군요."

팽성은 껄껄 웃으며 말했다.

"이럴 게 아니라 우리 합석하는 게 어떻겠소?"

모용가려는 조금 곤란하다는 듯 고개를 가로저었다.

"죄송해요. 일행이 있어서요."

"음?"

팽성의 눈이 자연스레 모용가려의 건너편에 앉아 있는
단천호에게로 향했다.

단천호는 모용가려가 누구랑 이야기를 하든 말든 초극
(超極)의 속도로 접시를 비워 나가고 있었다.

"이분은?"

"아, 이분은 단가의 이공자이신 단천호 공자세요."

"흠, 단가?"

팽성의 눈이 아까 전의 점소이처럼 단천호의 모습을 아
래위로 훑었다.

물론 단천호는 지금 당장이라도 개방의 요직을 차지할
수 있을 만큼 거지꼴이었다.

"크흠. 단가도 격이 많이 떨어진 모양이군."

단천호의 젓가락질이 멈췄다.

그러나 잠시 움직이지 않던 젓가락은 언제 그랬냐는 듯
이 다시 빠른 속도로 움직이며 접시를 비워 나갔다.

"흥! 갑시다, 모용 소저. 오대세가에는 오대세가만의 격
이 있는 법. 이런 자와 동석할 필요는 없소."

상대의 무례한 언사에도 신경 쓰지 않은 채, 접시를 비
워 나가는 단천호와는 반대로 모용가려는 팽성의 건방진
말에 발끈하고 말았다.

"무례하군요!"

"무례? 예의는 갖출 사람에게만 갖추는 법이지."

팽성은 무공도 뛰어나고 머리도 나쁘지 않지만 사람을
깔보는 경향이 있었다. 특히 오대세가나 구파일방이 아닌

곳의 제자는 무인으로 인정하지 않을 정도였다. 그 못된 버릇이 지금 나오고 있는 것이다.

"사과하세요."

모욕을 받은 것은 단천호인데 모용가려가 화를 내는 기이한 상황이 벌어지고 있었다.

"이상하구려, 소저. 왜 소저가 화를 내는 거요. 설마 이 사람이 소저의 정혼자라도 되는 것이오?"

"아니에요!"

"그럼 정혼자도 아닌데 왜 이 별 볼일 없는 작자를 감싸고 도는 것이오."

"그는 제 친구예요."

"흥! 서로 신분이 맞는 사람만이 친구가 될 수 있는 법이오."

모용가려는 고개를 저었다.

"당신의 생각을 제게 강요하지 마세요. 여하튼 사과하세요."

"나는 할 수 없소."

"하세요!"

"없다고 했소."

분노한 모용가려는 천천히 검의 손잡이를 잡아갔다.

그때였다.

"끄어어억! 잘 먹었다."

단천호가 젓가락질을 멈추고 기똥차게 트림을 했다.

그 소리에 모용가려를 비롯한 모두의 시선이 단천호에게로 향했다.

단천호는 배를 퉁퉁 두드리더니 팽성에게 시선을 돌렸다.

"거참. 밥 먹는데 더럽게 시끄럽네."

"뭐라고!"

팽성은 노한 얼굴로 단천호를 노려보았다.

"데리고 가고 싶으면 데리고 가쇼. 뭐 별것도 아닌 일로."

"네놈이 죽고 싶으냐!"

"네에, 네에. 죄송합니다. 다신 안 그러겠습니다."

비꼬는 어투였지만 먼저 사과를 한 것은 단천호였다.

그러니 팽성도 시비를 건 입장에서 뭐라고 나무라기 어려워졌다.

팽성은 붉어진 얼굴로 고개를 돌려 모용가려를 노려보았다.

"소저! 이런 자와 동석을 해서 굳이 오대세가의 관계를 어렵게 만들어야겠소?"

"억지도 이런 억지가 없군요!"

단천호는 모용가려를 보며 능글능글하게 입을 열었다.

"야야, 적당히 해. 뭐 별것도 아닌 걸로 싸움박질이야. 애처럼."

"당신은 자존심도 없어요!"

"당신?"

"지금 그게 중요해요?"

"자존심? 삼만 냥이 사라진 그날, 내 자존심도 함께 사라졌지."

단천호는 회한에 잠긴 눈으로 창밖을 바라보았다.

그러나 당연하게도 전혀 멋지지 않았다.

"실망했어요!"

"아직 더 실망할 게 남았다니 고마워! 너 정말 날 좋게 봐주고 있었구나. 감동했다."

"장난 그만 쳐요."

"이크. 화났어?"

단천호는 상황이 이렇게 됐음에도 전혀 여유를 잃지 않았다. 오히려 장난을 치며 상황을 부드럽게 풀어 나갔다.

여기서 싸움판을 벌이면 일이 커진다는 것을 누구보다 잘 아는 단천호였다.

'애들이랑 투닥 대서 좋을 게 없지.'

모용가려가 딱딱하게 굳은 얼굴로 선언하듯 말했다.

"여하튼 저는 못 참겠어요. 사과를 하시던가, 저와 비무를 하시던가 둘 중 하나를 택하세요."

팽성은 황당하기 그지없었다. 자신이 뭘 잘못했다고 사과를 해야 한다는 말인가!

그가 한 말 중에 틀린 말이 어디 있는가. 막말로 한 가문의 후예라는 자가 사람들이 다 보는 앞에서 저런 거지꼴로 밥을 처먹고 있는 게 옳은 일인가?

"나는 잘못한 게 없소!"

"그럼 준비하세요. 당신은 오늘 제 검을 받아야 해요."

"허어, 소저! 지금 단가 따위 때문에 팽가와 척을 지겠다는 거요?"

모용가려의 눈동자가 조금 흔들렸다. 확실히 이대로 비무가 벌어지면 모용세가와 팽가의 사이가 벌어질 것이다.

"그렇소, 소저. 왜 이리 흥분하시는 게요. 저 단씨 친구는 지금까지 모용 소저와 동석을 했다는 것만으로도 영광으로 여겨야 하지 않겠소?"

제갈세가의 제갈남운이 옆에서 한마디 거들었다.

"맞소. 아니 막말로 단가 따위가 뭐라고 지금 그런 행동을 보인단 말이오!"

당가의 당비 역시 지지 않고 한마디했다.

"꼴을 보아 하니, 사는 게 정말 힘든 것 같은데 음식값은 우리가 계산하겠소. 그럼 될 것 아니오."

"내 참 살다살다 단가와 오대세가가 동석하는 꼴을 보게 될 줄이야."

유일하게 남궁의룡만이 침묵을 지켰다.

모용가려는 단천호에게 쏟아지는 모욕에 눈물이 날 것

만 같았다.

저 사람은 왜 아직도 참고 있는가.

왜! 힘이 있으면서도 나서지 않는 것인가!

단천호는 아직도 멍하니 창문 밖을 바라보고 있었다.

"가세요. 전 당신들과 동석하지 않겠어요."

팽성이 잔뜩 일그러진 얼굴로 모용가려를 노려보았다.

"후회할 거요, 소저."

"아니요. 후회 안 해요!"

"흥! 두고 보겠소."

팽성은 휙 소리가 나도록 몸을 돌렸다.

팽성이 몸을 돌리자 다른 오대세가의 소가주들도 줄줄이 몸을 돌렸다.

팽성은 마지막까지도 한마디하는 것을 잊지 않았다.

"흥! 욕을 먹어도 짖지도 못 하는 개새끼 따위를 비호하다니. 단가도 다됐군. 그래도 단천룡이라는 친구는 나름 괜찮은 것 같던데. 하긴 첩의 뱃속에서 나온 게 제대로 된 것일 리가 없지."

모용가려는 더 이상 참지 못하고 검을 잡았다. 저 방자한 주둥아리를 베어 버리고 말 것이다.

그러나 모용가려의 손보다 더 빠른 것이 있었다.

"야!"

갑자기 터져 나온 음성에 팽성의 몸이 천천히 뒤로 돌

있다.

"야?"

단천호의 고개가 아주 느릿하게 움직여 팽성과 시선을 마주쳤다.

"너 지금 뭐라고 쳐씨부렸냐?"

"허?"

팽성은 기가 찼다.

도대체 뭐란 말인가. 저 하류 잡배나 쓸 것 같은 말투는. 그래도 나름 세가라는 이름을 쓰는 집안에서 어쩌다 저런 말종이 나왔다는 말인가.

"네놈이 오늘 죽고 싶어 환장을 했구나?"

단천호는 웃었다.

참을 만큼 참았다.

자신을 모욕해도 가문을 위해 웃어 넘겼다.

가문을 모욕해도 미래를 위해 눈을 감았다.

그러나, 어머니를 모욕하는 것은 절대 참을 수 없었다.

만약 단무성이 지금 이 자리에 있었다면 단천호를 보고 참으라고 말했을까?

아닐 것이다.

아니, 참으라 한다고 해도 소용없었다.

적어도 단천호의 기준에선 부처가 살아 돌아와도 참을 수 없는 문제였다.

"아직 상황 파악이 안 되지?"

단천호의 입가에 미소가 걸렸다.

팽성은 도의 손잡이를 잡고 소리쳤다.

"이 건방진 놈. 내가 오늘 너의……."

퍼억!

팽성의 얼굴에 단천호의 발이 틀어박혔다.

"끄어어억!"

팽성은 괴이한 비명을 지르며 붕 날아 객잔의 구석에
처박혔다.

"팽 형!"

"이런 미친!"

사태를 파악한 소가주들은 각기 병기를 뽑아 들었다.

분노한 제갈남운이 소리쳤다.

"미친놈! 무슨 짓을 한 거냐!"

"이러고도 너와 네 가문이 무사하리라고 생각하는 것은
아니겠지!"

단천호의 입가에 걸린 미소가 더욱 짙어졌다.

"가문?"

"그래, 가문! 너는 지금 강호의 법도를 건드린 것이다!
오대세가를 건드린 것이 어떤 대가를 치루는 일인지 설마
모르지는 않겠지?"

"지랄하네."

단천호는 헛웃음을 지었다.

이놈이고 저놈이고 제멋대로 떠들고 있었다.

"잘 들어라. 대가리에 똥만 찬 새끼들아."

단천호의 손이 천천히 들렸다.

"강호의 법?"

단천호의 손이 쫙 펴지자 구석에 처박혔던 팽성의 몸이 붕 떠서 단천호에게로 날아왔다.

"오대세가?"

단천호가 팽성의 목을 움켜잡은 손에 힘을 가했다. 그러자 꺽꺽 소리를 내며 금방이라도 숨이 넘어갈 것 같은 소리를 내는 팽성이었다. 그는 그대로 그들 무리에게로 집어던졌다.

"그리고 내가 져야 할 대가라고 했던가? 그건 누가 만든 규칙이지?"

"그, 그야 당연히 오대세가와 구파일방이 정한 규칙이다!"

제갈남운이 떨리는 음성으로 대답했다.

"그래?"

단천호의 손이 천천히 머리 위를 가리켰다.

콰쾅!

객잔의 지붕이 통째로 날아가며 푸른 하늘이 드러났다.

"그럼 이제 내가 법이다."

단천호의 선언에 소가주들은 황당한 얼굴로 단천호를

바라보았다.

　이건 무슨 미친 소리란 말인가.

　단천호의 얼굴에서 미소가 사라졌다. 대신 악귀처럼 일그러진 얼굴이 나타났다.

　"그 전에 몸으로 깨닫게 해 주지. 네놈들이 오늘 누구를 건드렸는지!"

　단천호가 번개처럼 그들에게 돌진해 들어갔다.

〈『역천도』 3권에서 계속〉

역천도

1판 1쇄 찍음 2010년 2월 19일
1판 1쇄 펴냄 2010년 2월 23일

지은이 | 비 가
펴낸이 | 정 필
펴낸곳 | 도서출판 뿔미디어

기획 | 이주현, 한성재
편집책임 | 장상수
편집 | 권지영, 심재영, 장보라, 조주영, 주종숙
관리, 영업 | 김미영

출력 | 예컴
본문, 표지 인쇄 | 광문인쇄소
제본 | 성보제책사

출판등록 | 2002년 9월 11일 (제1081-1-132호)
주소 | 부천시 원미구 중3동 1058-2 중동프라자 402호 (우)420-849
전화 | 032)651-6513 / 팩스 032)651-6094
E-mail | BBULMEDIA@paran.com

값 8,000원

ISBN 978-89-6359-317-3 04810
ISBN 978-89-6359-315-9 04810 (세트)

※파본은 본사나 구입하신 서점에서 교환하여 드립니다.

※이 책은 (도)뿔미디어를 통해 독점 계약되었습니다.
저작권법에 의해 보호를 받는 저작물이므로 무단 전재와 무단 복제를 엄금합니다.